빨강 머리 앤 2

Anne of Green Gables

빨강 머리 앤 2

Anne of Green Gables

루시 모드 몽고메리 지음 | 박혜원 옮김

더모던
Themodern

차례

Anne of
Green Gables

9

레이철 린드 부인이 제대로 충격을 받다

앤이 초록 지붕 집에 온 지 2주만에 린드 부인이 찾아왔다. 린드 부인이 이렇게 늦은 건 엄밀히 말해 부인의 잘못은 아니었다. 이 선량한 부인은 지난 번 초록 지붕 집의 방문 이후 때아닌 독감을 호되게 앓아서 꼼짝없이 집에만 있어야 했다. 린드 부인은 병치레가 잦은 편이 아니라서 자주 아픈 사람들을 보란 듯이 비웃었는데, 독감만큼은 이 세상의 여느 병과 달리 하늘이 내린 특별한 재앙이라고밖에 설명할 길이 없다고 주장했다. 매슈와 마릴라가 데려온 고아 아이에 대한 궁금증을 주체할 수 없었던 린드 부인은, 외출해도 좋다는 의사의 말이 떨어지기 무섭게 초록 지붕 집으로 달려온 것이다. 에이번리에는 이미 세 사람을 둘러싼 온갖 이야기와 추측이 무성했다.

앤은 지난 2주 동안 깨어 있는 시간을 알차게 보냈다. 주변의 크고 작은 나무들과는 벌써 친해졌다. 오솔길이 사과 과수원 아래로 내려가면서 점점 넓어지다가 삼림 지대를 지난다는 것도 알아냈다. 앤은 예기치 못한 변화들이 황홀하게 펼쳐지는 그 길을 끝까지 탐색하며, 개울과 다리를 건너고 전나무 숲을 지나고 야생 벚나무 터널 아래도 걸었다. 고사리 같은 식물들이 땅을 뒤덮은 길모퉁이며, 단풍나무와 마가목이 울창한 샛길도 있었다.

앤은 골짜기 아래의 샘과도 친구가 되었다. 아주 깊고 맑은, 얼음처럼 차가운 샘이었다. 매끈한 붉은 사암과 손바닥같이 생긴 물고사리 잎들이 샘을 둘러쌌고, 샘 너머에는 개울을 건너는 통나무 다리가 있었다.

날아갈 듯한 앤의 걸음은 통나무 다리를 건너 나무가 우거진 언덕으로 이어졌다. 그곳은 쭉쭉 뻗은 전나무와 가문비나무가 울창해서 늘 땅거미가 내린 듯 어스레했다. 주변에는 숲에서 피는 꽃들 중에서도 가장 수줍음 많고 사랑스러운 여린 방울꽃들이 지천에 피어 있었고, 작년에 피었던 꽃들의 영혼인 양 빛깔이 엷고 고결한 별 모양 꽃들도 드문드문 눈에 띄었다. 거미줄은 나무들 사이에서 은빛 실처럼 반짝였고, 긴 전나무 가지와 술 같은 잎들은 오순도순 이야기라도 나누는 것 같았다.

앤은 이따금씩 놀아도 된다고 허락받은 30여 분 동안 이렇게 온갖 황홀한 탐험을 했다. 앤이 새로 발견한 것들을 매슈와 마릴라에게 들려주면 두 사람은 듣는 둥 마는 둥 했다.

그렇다고 매슈가 귀찮아한 것은 아니었다. 매슈는 얼굴 가득 즐거운 미소를 띠고 앤의 이야기에 말없이 귀를 기울였다. 마릴라는 이 수다를 듣다가 자신도 모르게 너무 빠져들었다 싶으면 입 좀 다물라고 얼른 한소리 하며 앤의 입을 막아 버렸다.

린드 부인이 찾아왔을 때 앤은 쏟아지는 발간 저녁 햇살을 받으며 과수원에서 살랑살랑 나부끼는 무성한 풀밭을 발길 가는 대로 마음껏 돌아다니고 있었다. 이 선량한 부인에게는 그동안 아팠던 이야기를 시시콜콜 늘어놓을 수 있는 절호의 기회였다. 어디가 어떻게 아팠는지, 맥박은 어떻게 뛰었는지 린드 부인이 어찌나 신나게 얘기하던지 마릴라는 독감도 걸릴 만하겠다는 생각이 들 정도였다. 이야깃거리가 바닥나자 린드 부인은 초록 지붕 집을 찾아온 진짜 이유를 꺼냈다.

"당신과 매슈에 대해 놀라운 이야기를 들었

어요."

"나보다 더 놀랐을까요. 놀란 마음이 이제야 좀 진정되고 있답니다."

"그런 착오가 있었다니 너무 딱하게 됐어요. 돌려보낼 수는 없었나요?"

린드 부인이 동정심을 보였다. 하지만 표정에는 못마땅한 기색이 역력했고, 이것을 읽어낸 마릴라는 애초에 의도했던 것보다 훨씬 많은 말들을 쏟아냈다.

"보낼 수 있었지만 그러지 않았어요. 매슈 오라버니가 아이한테 마음이 갔나 보더라고요. 솔직히 나도 그 애가 마음에 들어요. 결점이 없는 건 아니지만요. 집 안 분위기가 벌써 달라진 것 같아요. 아이가 정말 밝더라고요."

"엄청난 책임을 자청해서 떠맡았네요. 더군다나 마릴라는 아이를 키운 경험도 없잖아요. 그 아이가 어떤 아이인지, 성격이 어떤지 잘 알지도 못할 테고, 앞으로 어떤 사람이 될지도 알 길이 없고요. 물론 상심하라고 하는 말은 아니에요, 마릴라."

린드 부인은 걱정을 내비쳤다.

"상심하지 않아요. 나는 일단 마음먹으면 잘 흔들리지 않으니까요. 앤을 보고 싶으실 텐데, 들어오라고 할게요."

마릴라는 무덤덤하게 대답했다.

그때 과수원 나들이를 마친 앤이 생기 넘치는 얼굴로 집으로 뛰어들어오다가, 뜻밖의 낯선 사람을 보고 당황해서 문 앞에서 머뭇거렸다. 고아원에서 입던 꽉 끼는 짧은 혼방 원피스 아래로 길쭉하니 볼품없는 깡마른 다리를 한 앤은 확실히 어딘가 묘하고 이상한 모습이었다. 얼굴의 주근깨는 오늘따라 유난히 더 도드라져 보였고, 모자를 쓰지 않은 머리는 바람에 헝클어져 그야말로 엉망에다 어느 때보다 더 빨갛게 물든 듯했다.

"이런, 확실히 두 사람이 얼굴을 보고 결정

한 것은 아니구나."

린드 부인이 힘주어 말했다. 린드 부인은 마음속 말을 거리낌이나 치우침 없이 하는 데 자부심을 느꼈고, 또 그 때문에 사람들을 즐겁게 하고 인기도 있었다.

"마릴라, 깡마르고 못생긴 아이로군요. 얘야, 이리 와 봐라. 어디 한번 보자. 이런, 주근깨가 어쩜 이렇게 많니? 게다가 머리는 홍당무처럼 빨갛고! 얘야, 이리 오라니까."

앤은 '그리로 가긴' 했지만 린드 부인이 바라던 대로는 아니었다. 앤은 부엌 바닥을 한 번에 껑충 뛰어 린드 부인 앞에 다가섰다. 얼굴은 분노로 빨갛게 달아오르고 입술은 파르르 떨렸으며, 가녀린 몸은 머리부터 발끝까지 부들부들 떨고 있었다.

앤은 발까지 구르며 감정이 북받치는 소리로 울부짖었다.

"저는 아주머니가 싫어요. 아주머니 같은

사람 싫어요. 싫어요. 싫다고요!"

증오에 못 이긴 말 한 마디 한 마디가 나올 때마다 발을 구르는 소리도 점점 커졌다.

"깡마르고 못생겼다는 말을 어떻게 그렇게 함부로 하세요? 주근깨가 많고 머리가 빨갛다니요? 아주머니는 예의 없고 무례하고 인정도 없는 사람이에요!"

"앤!"

마릴라가 깜짝 놀라 소리 질렀다.

그러나 앤은 주먹을 꽉 쥔 채 당돌하게 고개를 치켜들고 이글거리는 눈으로 린드 부인을 마주 봤다. 격렬한 분노가 증기처럼 뿜어져 나왔다. 앤은 씩씩대며 같은 말을 되뇌었다.

"어떻게 제게 그런 말을 하실 수 있죠? 아주머니라면 좋으시겠어요? 뚱뚱하고 둔하고 상상력이라고는 요만큼도 없다는 말을 들으면 좋으시겠냐고요! 이런 말 때문에 아주머니 기분이 상했대도 전 상관 안 해요! 아주머니 기분이 상했으면 좋겠어요. 아주머니는 주정뱅이 토머스 아저씨보다 더 큰 상처를 제게 주셨어요. 전 아주머니를 절대 용서하지 않을 거예요. 절대, 절대로!"

쾅! 쾅!

"이런 성질머리를 봤나!"

린드 부인이 질겁한 얼굴로 소리쳤다.

"앤, 내가 갈 때까지 네 방에 가서 기다려라."

마릴라가 간신히 입을 떼며 말했다.

앤은 눈물을 터뜨리며 복도 문을 확 열어젖혔다. 현관 바깥벽 위의 함석들이 덜거덕거리며 울어댈 정도로 문을 '쾅' 닫은 다음, 회오리바람처럼 복도를 지나 계단을 뛰어올라갔다. 위에서 '쾅' 소리가 묵직하게 들린 것으로 보아 동쪽 다락방 문도 같은 기세로 닫은 모양이었다.

"세상에, 저런 아이를 키우는 마릴라 당신

이 전혀 부럽지는 않네요."

린드 부인이 잔뜩 굳은 얼굴로 말했다.

마릴라는 어떻게 사과를 하고 용서를 구해야 할지 모르겠다는 말을 하려고 입을 열었다. 하지만 입에서 나온 말은 그때도 놀라웠지만 나중에 돌이켜 봐도 기가 막힐 만한 것이었다.

"외모를 가지고 아이를 비웃으면 안 되죠, 레이철."

"마릴라 커스버트, 설마 저렇게 성미 고약한 아이를 역성드는 건 아니죠? 방금 봤잖아요."

린드 부인이 언짢은 목소리로 말했다.

"아니에요. 아이를 두둔할 생각은 없어요. 아이가 몹시 버릇없이 굴었고, 나중에 따로 얘기도 할 거예요. 하지만 우리도 아이를 너그럽게 대해야 해요. 저 애는 옳고 그른 게 어떤 건지 배운 적이 없어요. 그리고 레이철 당신도 아이한테 너무 심했어요."

마릴라가 천천히 말했다. 마릴라는 마지막

말을 담아두지 못해 덧붙이면서 다시 한번 스스로에게 깜짝 놀랐다. 린드 부인은 자존심이 상한 얼굴로 일어섰다.

"그래요, 앞으로는 꼭 말조심을 하죠. 어디서 왔는지도 모르는 고아의 기분을 가장 먼저 생각해야 하니까요. 아, 아뇨. 화난 거 아니에요. 염려 마세요. 당신이 너무 딱해서 화낼 여력도 없네요. 아무튼 저 아이 때문에 고생 좀 하겠어요. 내 말은 들을 것 같지도 않지만, 아이를 열이나 키우고 두 명을 먼저 보낸 내가 굳이 충고 한마디 하자면, 아이랑 그 '얘기'란 걸 할 때 굵직한 자작나무 회초리를 쓰세요. 저런 아이한테는 그게 제일 알아듣기 쉬운 말이거든요. 성미를 보니 머리색하고 딱 어울리는 것 같군요. 어쨌든 잘 지내요, 마릴라. 전처럼 가끔 우리 집에도 들르고요. 하지만 이런 식으로 봉변을 당하고 모욕을 받아서는 내가 여기 오는 건 당분간 힘들 것 같네요. 정말이지 이런 일은 생전 처음이에요."

말을 마친 린드 부인은 횡하니 나가 버렸다. 늘 뒤뚱뒤뚱 걷는 뚱보 부인에게 횡하니 나갔다는 표현이 과연 어울리는지는 모르겠지만 말이다. 마릴라는 딱딱하게 굳은 얼굴로 동쪽 다락방으로 올라갔다.

계단을 오르며 마릴라는 무엇을 어떻게 해야 할지 곰곰이 생각했다. 방금 전 일로 마릴라도 적잖이 당황했다. 하고 많은 사람 중에 하필이면 린드 부인 앞에서 그런 성질을 부리다니, 참으로 운도 없지! 그러다 문득 마릴라는 앤의 성격에서 심각한 단점을 알게 돼서 마음이 아프다기보다는 창피해 했다는 사실에 불편한 기분을 느끼며 스스로를 책망했다. 앤에게는 어떤 벌을 주어야 하지? 린드 부인이 친절하게 조언한 자작나무 회초리는 그 집 아이들에게 효과가 있었는지는 몰라도, 마릴라는 마음이 내키지 않았다. 아이에게 매를 든다는 것은 생각도 할 수 없었다. 그렇게 발끈하는 게 얼마나 큰 잘못인지 앤이 제대로 깨우칠 수 있도록 뭔가 다른 벌을 찾아야 했다.

앤은 침대에 엎드려 얼굴을 파묻은 채 펑펑 울고 있었다. 깨끗한 침대보에 진흙투성이 장화를 벗지도 않고 올라간 사실조차 모르는 것 같았다.

"앤."

마릴라가 조금 온화한 목소리로 앤을 불렀다.

대답이 없었다.

"앤. 당장 침대에서 나와 내 얘기를 듣거라."

이번에는 훨씬 엄한 목소리였다.

앤이 꼼지락꼼지락 침대에서 내려와 옆에 놓인 의자에 똑바로 앉았다. 얼굴은 퉁퉁 부어 눈물로 얼룩졌는데 두 눈은 고집스레 바닥만 쳐다봤다.

"잘하는 짓이구나, 앤! 부끄럽지도 않니?"

"그 아주머니는 저한테 못생긴 빨강 머리라고 말할 권리가 없어요."

앤이 말대꾸처럼 어정쩡하게 항변했다.

"앤, 너도 아주머니께 그런 식으로 화내며 말할 권리는 없다. 난 너 때문에 부끄러웠다. 너무 부끄러웠어. 네가 린드 부인에게 예의 바르게 행동하길 바랐는데, 오히려 날 망신시켰다. 린드 부인이 네 머리가 빨갛고 못생겼다고 말한 게 그렇게까지 화낼 일이었는지 잘 모르겠구나. 너도 네 스스로 그렇게 말하곤 했잖니?"

"제가 그렇게 말하는 거랑 다른 사람이 말하는 거랑은 하늘과 땅 차이예요. 제가 그렇다는 걸 안다고 해서 다른 사람들까지 그렇게 생각하길 바라는 건 아니거든요. 제 성격이 못됐다고 생각하실 수도 있어요. 하지만 저도 어쩔 수 없었어요. 아주머니가 그런 말씀을 하시는 순간 마음속에서 뭔가가 치밀어 오르면서 숨이 콱 막혔단 말이에요. 아주머니께 화를 낼 수밖에 없었어요."

앤이 훌쩍거리며 대답했다.

"아무튼 오늘 네 소개 한번 제대로 했구나. 린드 부인은 좋은 이야깃거리가 생겼으니 어딜 가든 네 얘길 하고 다닐 테고. 그렇게 흥분해서 화를 낸 건 옳지 못한 행동이었다, 앤."

"아주머니도 빼빼 마르고 못생겼다는 말을 들으면 기분이 어떨지 생각해 보세요."

앤이 눈물을 글썽이며 애원하듯 말했다.

문득 오래된 기억 하나가 마릴라의 머릿속에 떠올랐다. 아주 어렸을 때 친척 아주머니 한 분이 마릴라를 보고 어떤 사람에게 "어쩜 저렇게 까맣고 못생겼는지 가엾기도 하지"라고 말한 적이 있었다. 그날 입은 마음의 상처가 아물기까지 꼬박 50년이 걸렸다.

마릴라는 앤의 말을 수긍하며 목소리를 누

그러뜨렸다.

“앤, 나도 린드 부인이 네게 했던 말이 다 옳다고는 생각하지 않는다. 린드 부인은 워낙 말을 거침없이 한단다. 하지만 그렇다고 해서 네 잘못이 없어지는 건 아니야. 린드 부인은 네가 오늘 처음 본 사람이고 어른이야. 나를 찾아온 손님이었고. 이 세 가지 이유만으로도 넌 린드 부인에게 공손해야 했어. 오늘은 너도 예의 없고 건방지게 행동했으니까……."

말하던 중에 현명한 방법이라고 생각되는 벌이 마릴라의 머릿속에 떠올랐다.

"린드 부인께 찾아가서 화를 내서 무척 죄송하다고 말하고 용서를 구하거라."

"전 절대로 그럴 수 없어요. 마릴라 아주머니, 아주머니가 주시는 벌은 어떤 벌이라도 받을게요. 뱀과 두꺼비가 있는 어둡고 축축한 지하 감옥에 저를 가두고 빵과 물만 주셔도 불평하지 않을게요. 하지만 린드 아주머니한테 용서를 구하진 않겠어요."

앤이 울적한 목소리로 단호하게 대답했다.

"어둡고 축축한 지하 감옥에 사람을 가두는 일은 없단다. 게다가 에이번리에 그런 지하 감옥도 없고. 하지만 린드 부인에게 사과는 반드시 해야 해. 사과할 마음이 들 때까지 네 방에서 한 발짝도 나오지 말거라."

마릴라가 딱딱하게 말했다.

"그럼 영원히 방에서 살아야겠네요. 린드 아주머니께 그렇게 말해서 죄송하다고는 말할 수 없으니까요. 제가 어떻게 그래요? 전 미안한 마음이 안 들어요. 마릴라 아주머니를 속상하게 한 건 죄송하지만, 린드 아주머니한테 그렇게 말한 건 잘했다고 생각해요. 속이 후련했거든요. 미안한 마음도 없는데 미안하다고 할 순 없잖아요? 그건 상상조차 안 되는 일이라고요."

앤이 애처롭게 말했다.

마릴라가 몸을 일으켰다.

"아마 내일 아침이면 상상하기가 한결 쉬워질 게다. 밤새 네가 한 행동을 생각해 보면 마음가짐도 좀 달라질 거고. 초록 지붕 집에 살게 해 주면 착한 아이가 되도록 노력하겠다더니, 오늘 저녁에는 전혀 그래 보이지 않는구나."

마릴라는 분노로 출렁이는 앤의 가슴에 묵

직한 한마디를 던지고는 복잡하고 괴로운 심정으로 부엌으로 내려갔다. 앤에게 화가 난 것만큼 자신에게도 화가 났다. 말문이 막힌 린드 부인의 표정이 떠오를 때마다 웃음이 나와 입이 씰룩거렸고, 그러면 안 된다는 것을 알면서도 크게 한바탕 웃고 싶었기 때문이다.

10

앤의 사과

그날 저녁 마릴라는 낮에 린드 부인과 있었던 일에 대해 매슈에게 말하지 않았다. 하지만 다음 날 아침에도 앤이 아침 식사를 하러 내려오지 않자 이유를 설명할 수밖에 없었다. 마릴라는 앤이 했던 행동의 심각성을 제대로 전달하려고 갖은 애를 쓰며 매슈에게 자초지종을 들려주었다.

"린드 부인이 오지 않는다니 잘됐군. 그 여자는 말 많고 참견하기 좋아하는 할망구라고."

매슈는 위안이랍시고 거들었다.

"매슈 오라버니, 정말 놀랍군요. 앤이 얼마나 못되게 굴었는지 알면서 그 애 편을 들다니요! 이젠 앤에게 벌을 줄 필요도 없다고 하시겠지요!"

"글쎄다. 아니, 뭐…… 꼭 그렇다는 건 아니야. 벌은 조금 받아야지. 그래도 너무 심한 벌은 주지 마라, 마릴라. 잘잘못을 배울 기회조차 없었던 아이잖니. 그런데…… 앤한테 뭐라도 먹을 걸 가져다주긴 할 거지?"

매슈가 멋쩍어하며 말했다.

"내가 버릇 고치겠다고 누구 굶긴 적 있어요? 끼니는 때맞춰서 직접 들고 올라갈 거예요. 하지만 린드 부인한테 사과하겠다고 스스로 말하기 전까지는 방에서 나올 수 없어요. 이 일에 참견 마세요, 오라버니."

마릴라가 화를 내며 쏘아붙였다.

아침도, 점심도, 저녁도 식탁은 아주 조용

했다. 앤이 계속 고집을 꺾지 않았기 때문이다. 식사를 마치면 마릴라는 쟁반 가득 먹을 것을 담아 동쪽 다락방으로 올라갔고, 시간이 지나면 거의 그대로 남은 음식들을 들고 내려왔다. 매슈는 앤이 조금이라도 먹었을까 하면서 걱정스러운 눈으로 마릴라가 들고 내려오는 그릇을 쳐다봤다.

그날 저녁 마릴라가 소를 몰아오려고 방목장으로 나간 사이, 헛간 주변을 어슬렁거리며 눈치를 살피던 매슈가 도둑처럼 몰래 집으로 들어가 2층으로 살금살금 올라갔다. 보통 매슈는 부엌과 복도 끝 침실만 오갔고, 가끔 목사가 차를 마시러 방문할 때나 한 번씩 어색한 듯 거실이나 응접실로 나왔다. 게다가 2층은 언젠가 봄에 마릴라를 도와 손님방 벽지를 바르러 올라간 뒤로 가 본 적이 없었다. 그게 벌써 4년 전이었다.

발꿈치를 들고 살금살금 복도를 지난 매슈

는 동쪽 다락방 앞에서 몇 분이나 서 있다가 용기를 내어 문을 두드리고 빠끔히 안을 들여다봤다.

앤은 창가 노란 의자에 앉아 애처롭게 정원을 내다보고 있었다. 그 모습이 어찌나 작고 가엾던지 심장을 한 대 얻어맞은 것 같았다. 매슈는 살며시 문을 닫고 살금살금 앤에게 다가갔다.

"앤."

누가 들을 새라 매슈는 나지막이 말했다.

"좀 어떠니, 앤?"

앤이 힘없이 웃었다.

"괜찮아요. 상상을 많이 하고 있어요. 그러면 시간을 보내는 데 도움이 되거든요. 물론 외롭긴 해요. 하지만 이런 데 익숙해지는 편이 나아요."

앤은 자기 앞에 놓인 길고도 외로운 유폐 생활을 씩씩하게 받아들이겠다는 듯 다시 웃었다.

마릴라가 금방 돌아올지 몰라 매슈는 다락방에 올라온 이유를 앤에게 얼른 말해 줘야겠다고 생각했다.

"글쎄다, 앤. 시키는 대로 하고 얼른 끝내는 게 낫지 않겠니? 언제 해도 해야 할 일이잖니. 마릴라는 한번 마음먹으면 절대로 물러서는 법이 없단다. 절대 고집을 꺾지 않는다니까. 앤, 얼른 하고 끝내버리렴."

"린드 아주머니한테 사과하라는 말씀이세요?"

"그래, 사과…… 사과 말이다. 그냥 원만하게 잘 마무리하자는 거야. 내가 하려던 말이 그거란다."

매슈가 간절하게 말했다.

앤은 생각에 잠긴 듯 말했다.

"아저씨를 위해서라면 할 수 있을 거 같아요. 미안하다고 말해도 이젠 거짓말이 아니고

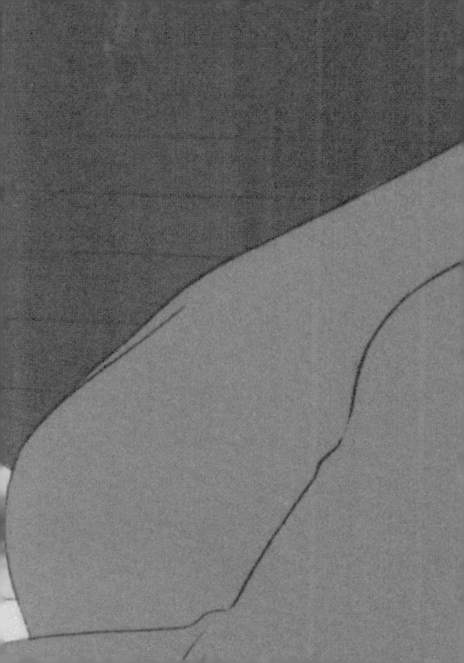

요. 지금은 미안하기도 하거든요. 어젯밤에는 조금도 미안하지 않았어요. 어젠 정말 화가 났고 밤새 화가 나서 미칠 거 같았어요. 밤에 세 번이나 깼는데 그때마다 화가 치밀어 오른 걸요. 그런데 오늘 아침에는 그렇지 않더라고요. 더는 화가 안 나는 거예요. 그저 지칠 대로 지친 느낌만 있었어요. 제 스스로가 너무 부끄러웠어요. 하지만 린드 아주머니를 찾아가 그렇게 말하자는 생각은 안 들었어요. 너무 창피하잖아요. 그러느니 이 방에서 영원히 나가지 않겠다고 결심했죠. 하지만 그래도…… 아저씨를 위해서라면 뭐든 할게요. 정말로 제가 그러길 바라신다면……."

"그럼, 바라고말고. 네가 없으니 아래층이 여간 쓸쓸한 게 아니야. 어서 가서 좋게 해결하자꾸나. 그래야 착한 아이지."

"좋아요. 마릴라 아주머니가 돌아오시는 대로 뉘우쳤다고 말씀드릴게요."

앤이 체념한 듯 말했다.

"그래, 그래야지, 앤. 하지만 마릴라에게 내가 이런 소릴 했다는 말은 하지 말거라. 참견하지 않겠다고 약속했는데, 내가 약속을 어겼다고 생각할지도 모르니까."

"야생마가 아무리 잡아끈대도 저한테서 비밀을 꺼내가지는 못할 거예요."

앤이 엄숙하게 약속했다.

"근데 야생마가 사람한테서 비밀을 꺼내갈 수 있나요?"

하지만 매슈는 앤을 쉽게 설득한 자신에게 놀라면서 이미 자리를 뜬 뒤였다. 매슈는 자신이 2층에 올라가서 뭘 했는지 마릴라가 의심하지 않도록 방목장에서 가장 먼 구석으로 황급히 달려갔다. 집으로 돌아온 마릴라는 계단 난간에서 "마릴라 아주머니" 하고 부르는 애처로운 목소리에 놀라면서도 반가운 마음이 들었다.

마릴라가 복도로 들어서며 물었다.

"무슨 일이니?"

"화내고 무례하게 말해서 죄송해요. 린드 부인한테 가서 그렇게 말씀드리겠어요."

"그렇게 하렴."

마릴라는 안도하는 기색도 없이 뭉툭하게 대답했다. 앤이 마음을 굽히지 않으면 어떻게 해야 하나 고심하던 차였다.

"우유를 짠 다음에 데려다주마."

우유를 짠 뒤에 마릴라와 앤은 오솔길을 내려갔다. 마릴라는 가슴을 쫙 펴고 의기양양하게 걸었지만 앤은 고개를 푹 숙이고 시무룩한 모습이었다. 하지만 반쯤 내려가자 누가 마법이라도 건 듯 무기력하던 모습은 흔적도 없이 사라졌다. 앤은 고개를 들고 가벼운 걸음으로 길을 따라 내려가며 저녁노을이 번진 하늘을 두 눈 가득 담았다. 내색은 안 했지만 마음이 들뜬 듯했다. 마릴라는 그런 앤을 탐탁잖은 눈으로 지켜봤다. 그건 순순히 잘못을 뉘우치고 용서를 구하러 가는 사람의 모습이 아니었다.

"앤, 무슨 생각을 하는 게냐?"

마릴라가 날카롭게 물었다.

"린드 부인께 해야 할 말들을 떠올리고 있었어요."

앤이 꿈꾸듯이 대답했다.

대답은 흡족했다. 아니, 흡족하다는 기분이 들어야 마땅했다. 하지만 마릴라는 앤에게 벌을 주며 생각했던 계획이 어딘가 어긋나고 있다는 느낌을 떨칠 수가 없었다. 아이가 저렇게 들뜨고 즐거운 표정을 지어서는 안 되는 거였다.

들뜨고 즐거운 앤의 모습은 부엌 창 앞에 앉아 뜨개질을 하던 린드 부인의 코앞에 다다른 순간 감쪽같이 사라졌다. 그리고 애처롭게 반성하는 태도로 싹 뒤바뀌었다. 뭐라고 말할 새도 없이 앤은 깜짝 놀란 린드 부인 앞에 무릎을 꿇고 앉아 애원하듯이 두 손을 내밀었다.

그리고 떨리는 목소리로 말을 시작했다.

"아, 린드 아주머니. 정말 너무 죄송합니다. 사전에 있는 단어를 다 쓴대도 제 슬픔을 모두 표현할 수 없을 거예요. 아주머니께 정말 못되게 굴고, 제가 남자아이가 아닌데도 초록 지붕 집에 살게 해 주신 친절하신 매슈 아저씨와 마릴라 아주머니를 부끄럽게 만들었어요. 저는 굉장히 나쁘고 감사할 줄 모르는 아이라서, 훌륭하신 분들에게 벌 받고 영원히 쫓겨난다 해도 할 말이 없어요. 아주머니께서 있는 그대로 말씀하셨다고 해서 버럭 화를 내다니 정말 못된 행동이었어요. 아주머니는 사실대로 말씀하셨고, 그 말씀이 다 맞아요. 전 머리카락이 빨갛고 주근깨투성이에 빼빼 마르고 못생겼어요. 저도 아주머니께 사실대로 말씀드린 거지만 전 그렇게 말하면 안 되는 거였어요. 아, 린드 아주머니. 제발 저를 용서해 주세요. 만약 용서해 주지 않으시면, 어리고 가여운 고아에게 평생 지워지지 않는 슬픔이 될 거예요. 제 성질이 아무리 고약하다 해도 제가 평생을 슬퍼하길 바라는 건 아니시죠? 아, 그러지 않으실 거라고 믿어요. 제발 용서한다고 말씀해 주세요, 린드 아주머니."

앤은 두 손을 부여잡고 고개를 숙인 채 처분을 기다렸다.

앤이 진심인 것은 틀림이 없었다. 한 마디 한 마디에 진심이 묻어났다. 마릴라와 린드 부인도 의심할 나위 없이 진실한 울림을 알아차렸다. 그러나 마릴라는 앤이 실제로는 이 굴욕의 골짜기를 즐기고 있음을 깨닫고 당혹감을 느꼈다. 앤은 자신을 비하하는 상황에 열심히 몰입해 있었다. 마릴라가 뿌듯해 했던 그 건전한 방식의 벌은 도대체 어디로 가버렸단 말인가? 앤은 그것을 즐거운 놀이로 뒤바꿔 버렸다.

마음씨 좋은 린드 부인은 통찰력이 그다지 뛰어나지 않아 이를 눈치채지 못했다. 앤이 진심으로 사과했다고만 생각했고, 조금 거들먹거리기는 하나 친절한 사람인지라 노했던 마음을 모두 풀었다.

"자, 자, 일어나거라, 얘야. 용서하고말고. 나도 네게 조금 심했던 것 같구나. 내가 워낙 속에 있는 말을 다하는 성격이란다. 내 말에 너무 신경 쓰지 말거라. 네 머리가 새빨간 건 부인할 수 없지만, 내가 아는 사람도 어릴 때는 너만큼이나 머리가 빨갰단다. 같은 학교 친구였는데 크면서 머리색이 점점 짙어지더니 정말 멋진 적갈색으로 변했지. 네 머리색이 변한다 해도 놀랄 일이 아니지. 그럼, 전혀 놀랍지 않지."

앤은 길게 숨을 들이쉬며 일어났다.

"와, 린드 아주머니! 제게 희망을 주셨어요. 앞으로 아주머니를 은인이라고 생각할 거예요. 아, 나중에 커서 머리색이 멋진 적갈색이 될 거라는 생각만 해도 뭐든 견딜 수 있어요. 머리색이 멋진 적갈색이라면 착해지기가 훨씬 쉬워지겠죠? 저, 마릴라 아주머니랑 이야기 나누시는 동안 정원에 나가서 사과나무 아래 벤치에 앉아 있어도 될까요? 밖에는 상상할 게 굉장히 많거든요."

"그럼, 그럼. 어서 가 보렴, 얘야. 모퉁이에 새하얀 나리꽃이 피어 있는데, 마음에 들면 꽃다발을 만들어도 된단다."

앤이 나가고 문이 닫히자, 린드 부인은 활기 넘치게 일어나 램프를 켰다.

"정말 별난 아이군요. 이 의자에 앉아요, 마릴라. 이게 더 편할 거예요. 그건 일꾼 아이 앉으라고 둔 의자거든요. 그래요, 확실히 유별나긴 하지만 어쨌든 사람 마음을 끄는 구석이 있는 아이네요. 지금은 당신이나 매슈가 저 아이를 키운다는 게 처음처럼 놀랍지 않아요. 당신이 딱하단 생각도 안 하고요. 저 애는 잘 자랄 것 같아요. 물론 표현이 이상한 게 조금, 뭐랄까 너무 억지스러운 느낌은 있지만, 이제 교

양 있는 사람들과 살게 되었으니 고쳐지겠죠. 그리고 성미가 꽤 불같아서 발끈했다가도 금세 풀어지는 아이 같아요. 그런 아이들은 절대 남을 속이거나 엉큼한 짓은 하지 않거든요. 엉큼한 아이는 가까이 두는 게 아니에요. 아무튼 저 애가 마음에 드는군요, 마릴라."

마릴라가 집으로 돌아가려고 나오자, 땅거미가 내려앉은 향기로운 과수원에서 앤이 두 손에 하얀 수선화 다발을 든 채 걸어 나왔다.

오솔길을 내려가며 앤이 뿌듯하게 말했다.

"저 사과 꽤 잘했죠? 어차피 해야 할 거면 완벽하게 하는 게 낫다고 생각했거든요."

"그래, 정말 완벽하더구나."

마릴라는 앤이 사과하던 장면을 떠올리면 자꾸만 웃음이 나오려는 통에 낭패감마저 들었다. 앤이 사과를 완벽하게 한 것에 대해 꾸짖어야 한다는 생각에도 마음이 불편했다. 생각해 보면, 어처구니없는 일 아닌가! 마릴라는 엄하게 타이르는 것으로 자신의 양심과 타협점을 찾았다.

"이렇게 사과하는 일이 더는 없었으면 좋겠구나. 앞으로 감정을 잘 다스리도록 노력하거라, 앤."

앤이 한숨을 쉬었다.

"사람들이 제 외모를 비웃지만 않으면 그럴 수 있어요. 다른 거로는 화가 안 나거든요. 하지만 머리 때문에 비웃음을 당하는 건 이제 질렸어요. 그런 말을 듣는 순간 부글부글 끓는단 말이에요. 아주머니, 정말로 제 머리가 멋진 적갈색으로 변할까요?"

"외모에 너무 신경 쓰는 건 좋지 않아, 앤. 허영심이 많은 건 아닌지 걱정이구나."

"제가 못생겼다는 걸 아는데 어떻게 허영심이 생기겠어요? 전 예쁜 게 좋아요. 거울에 예쁘지 않은 제 모습이 비치는 게 싫어요. 다른 못생긴 것들을 볼 때처럼 너무 슬픈 기분이 들

거든요. 아름답지 않은 것들은 불쌍해요."

앤이 억울하다는 듯이 말했다.

"행동이 예쁘면 얼굴도 예뻐 보인단다."

마릴라는 머릿속에 떠오르는 격언을 들려주었다. 하지만 앤이 수선화 향기를 맡으며 민지 못하겠다는 듯이 말했다.

"그 말은 전에도 들은 적이 있는데, 정말 그럴까 싶어요. 아, 이 꽃들 정말 예쁘지 않아요? 이런 꽃을 주시다니 린드 아주머니는 정말 친절하세요. 이제 린드 아주머니에게 나쁜 감정은 요만큼도 없어요. 사과하고 용서를 받으니 마음이 정말 행복하고 편안해요! 오늘 밤은 별들이 유난히 반짝거리는 것 같죠? 별이 될 수 있다면 어떤 별이 되고 싶으세요? 전 저쪽 어두운 언덕 위에 높이 뜬 맑고 아름다운 큰 별이 될래요."

"앤, 제발 입 좀 다물어라."

마릴라가 어디로 튈지 모를 앤의 생각을 좇느라 지칠 대로 지쳐 말했다.

앤은 초록 지붕 집으로 이어진 오솔길로 들어설 때까지 아무 말도 하지 않았다. 이슬에 젖은 어린 고사리의 알싸한 향을 싣고 떠돌던 산들바람이 두 사람을 마중했다. 저 멀리 위쪽

에서 어둠에 싸인 나뭇가지들 틈으로 초록 지붕 집의 부엌에서 나오는 낭랑한 불빛이 환하게 반짝였다. 앤이 불쑥 마릴라의 굳은살 박인 손바닥에 제 손을 쏙 밀어 넣었다.

"저게 집이라는 걸 알고 돌아간다는 건 참 멋진 일이에요. 벌써 초록 지붕 집이 좋아졌어요. 전에는 어디도 좋아한 적이 없었거든요. 집처럼 느껴진 곳은 한 군데도 없었으니까요. 아, 아주머니, 전 정말 행복해요. 지금 당장이라도 기도할 수 있을 것 같아요. 어렵다는 생각도 전혀 들지 않아요."

손안에 작고 야윈 손이 닿자, 마릴라의 가슴에서 뭔가 따뜻하고 기분 좋은 기운이 샘솟았다. 어쩌면 지금까지 잊고 살았던 모성이 꿈틀거리며 되살아난 것인지도 몰랐다. 그 낯선 포근함에 마릴라는 마음이 어수선했다. 마릴라는 서둘러 평소의 침착함을 되찾으려 교훈이 될 만한 말을 생각했다.

"착한 아이가 되면 언제나 그렇게 행복할 게다, 앤. 그리고 기도하는 걸 어려워해선 안 돼."

"소리 내서 기도를 하는 거랑 제가 바라는 걸 마음속으로 비는 거랑은 조금 다른 거 같아요. 그런데 지금 전 나무 꼭대기에서 부는 바람이라고 상상할래요. 나무가 싫증나면 여기 고사리 사이로 살랑살랑 내려오고요. 그런 다음 린드 아주머니 댁 정원으로 날아가서 꽃들도 춤추게 할 거예요. 토끼풀이 가득 핀 들판에 곤두박질쳐서 휘잉 쓸고도 지나가고 '반짝이는 호수'에서 반짝반짝 빛나는 물결도 일으키고 말이에요. 와, 바람에는 정말 상상할 거리가 많네요! 그래서 지금은 더 이상 얘기를 못 하겠어요, 마릴라 아주머니."

앤이 곰곰이 생각하는 얼굴로 말했다.

"그거 참 고마운 일이구나."

마릴라가 깊은 안도감을 느끼며 나직이 읊조렸다.

11

앤의 주일학교에 대한 인상

"그래, 마음에 드니?"

마릴라가 물었다.

앤은 다락방 침대에 펼쳐 놓은 원피스 세 벌을 진지하게 쳐다보고 있었다. 하나는 색이 우중충한 체크무늬 면 원피스로, 마릴라가 지난해 여름에 튼튼하고 쓸 만해 보이는 데 홀딱 넘어가 행상에서 산 옷감으로 만든 거였다. 다른 하나는 겨울에 할인 매장에서 고른 흑백 체크무늬 새틴으로 만들었고, 나머지 하나는 탁

한 파란색으로 염색한 빳빳한 천으로 만들었는데 며칠 전 카모디의 한 상점에서 구입한 것이었다.

셋 다 마릴라가 직접 만들었는데 모양이 전부 비슷했다. 넓은 치맛자락은 올이 촘촘했고 허리선은 밋밋했다. 소매는 허리나 치맛자락 못지않게 단순한 데다 팔만 겨우 들어갈 정도로 통이 좁았다.

"마음에 든다고 상상할게요."

앤이 침착하게 대답했다.

"상상하라는 게 아니야. 아, 마음에 들지 않는 게로구나! 이 옷들이 어디가 어때서 그러니? 깔끔하고 단정한 새 옷들 아니냐?"

마릴라는 기분이 상했다.

"맞아요."

"그럼 왜 싫다는 게냐?"

"옷이…… 그러니까…… 안 예쁘잖아요."

마릴라가 콧방귀를 뀌었다.

"안 예쁘다고! 난 네게 예쁜 원피스를 만들어 주려고 한 게 아니야. 난 네 허영심을 채워 줄 마음이 없단다, 앤. 똑똑히 들어라. 이건 주름이나 화려한 장식 같은 건 없는, 실용적이고 튼튼하고 편한 옷들이고, 올여름에 입을 수 있는 옷은 이게 전부야. 갈색 체크무늬 면 원피스와 파란색 나염 원피스는 나중에 학교에 갈 때 입으면 딱 좋을 게다. 새틴 원피스는 교회하고 주일학교에 입고 가거라. 망가뜨리지 말고 깨끗하고 단정하게 잘 간수하면 좋겠구나. 난 네가 여태 입던 그 조막만 한 옷들만 아니면 어떤 옷이든 감사할 줄 알았다."

"아, 감사하게 생각해요. 하지만 만약…… 만약 저 중에 하나라도 볼록 소매로 만들어 주셨다면 훨씬 더 감사했을 거예요. 요즘은 볼록 소매가 유행이거든요. 볼록 소매 옷을 입어 보기만 해도, 아주머니, 전 너무 설렐 것 같아요."

앤이 항의하듯 말했다.

"그럼 설렐 일은 없겠구나. 난 퍼프 소매 따위를 만드는 데 낭비할 옷감은 없으니까. 또 내 눈에는 우스꽝스러워 보이기도 하고 말이야. 난 평범하고 실용적인 소매가 더 낫더구나."

"그래도 전 혼자 평범하고 실용적인 것보다 다른 사람들과 똑같이 우스꽝스러워 보이는 게 더 좋아요."

앤이 애처로운 목소리로 고집을 부렸다.

"너야 그렇게 생각하겠지! 옷들을 옷장에 잘 걸어 두고, 앉아서 주일학교에서 배울 것들 좀 보거라. 너 보라고 벨 장로님에게 교리문답집을 한 권 얻어 왔으니까. 내일부터 주일학교에 가거라."

마릴라는 화가 단단히 나서 아래층으로 내려갔다.

앤은 두 손을 꼭 맞잡고 옷들을 쳐다보며 서글픈 목소리로 나지막이 읊조렸다.

"하얀 볼록 소매 원피스 한 벌만 있으면 좋

겠다고 생각했는데. 꼭 한 벌만 갖게 해달라고 기도도 했는데. 사실 별로 기대도 안 했어. 하느님은 나 같은 고아가 입을 옷을 고민할 시간은 없을 테니까. 마릴라 아주머니가 하시는 대로 따라야지. 그래도 다행히 난 상상력이 있잖아. 저 옷들 중 하나가 아름다운 레이스 주름 장식이 있고 삼단으로 부푼 볼록 소매가 달린, 눈처럼 하얀 모슬린 원피스라고 상상하면 돼."

다음 날 아침, 당장이라도 극심한 두통이 몰려올 조짐 때문에 마릴라는 앤과 함께 주일학교에 갈 수가 없었다.

"내려가서 린드 부인 댁에 들러야 한다, 앤. 네가 무슨 반으로 가야 하는지 아주머니가 알고 계실 게다. 자, 행동 조심하고. 공부가 끝나면 설교 시간까지 기다렸다가 린드 부인한테 우리 자리가 어딘지 여쭙거라. 여기 1센트를 줄 테니 헌금을 하고. 다른 사람들 빤히 쳐다보지 말고, 부산스럽게 굴지도 말고. 집에 돌아

오거든 오늘 들은 성경 구절을 들려다오."

앤은 빳빳한 흑백 새틴 원피스를 차려입고 나무랄 데 없는 모습으로 집을 나섰다. 옷은 길이도 적당하고 분명히 몸에 꽉 끼지도 않았는데, 신기하게도 앤의 마른 몸이 더욱 도드라져 보였다. 모자는 작고 납작한 데다 반질반질 윤이 나는 딱딱한 밀짚모자였다. 게다가 얼마나 밋밋하게 생겼는지, 리본과 꽃 장식이 달렸을 거라 상상하던 앤은 실망이 이만저만이 아니었다. 하지만 꽃이야 큰길로 가기도 전에 얼마든지 있었다. 앤은 오솔길을 반쯤 내려가다 바람에 흔들리는 금빛 미나리아재비와 눈부시게 아름다운 들장미를 발견했고, 조금의 망설임도 없이 맘껏 꽃들을 모아 둥근 화관을 만들어 모자를 장식했다. 다른 사람들이 그것을 보고 어떻게 생각하든, 앤은 제 솜씨가 마음에 들어 분홍색과 노란색으로 꾸민 빨강 머리를 의기양양하게 치켜든 채 경쾌한 걸음으로 큰

길로 나갔다.

앤이 린드 부인 집에 도착했을 때 린드 부인은 이미 나가고 없었다. 앤은 조금도 기죽지 않고 혼자서 교회로 향했다. 교회 정문 앞에 어린 여자아이들이 모여 있었다. 하얀색, 파란색, 분홍색 옷들을 입은 아이들은 남다른 머리 장식을 하고 그들 사이로 뛰어든 이 낯선 소녀를 호기심 어린 눈으로 빤히 쳐다봤다. 에이번리의 여자아이들은 앤에 대해 떠도는 희한한 소문을 벌써 들어 알고 있었다. 린드 부인은 앤에 대해 성미가 고약하다고 했고, 초록 지붕 집에서 일하는 제리 부트는 앤이 미친 여자처럼 하루 종일 혼자 중얼거리거나 나무나 꽃들이랑 얘기를 나눈다고 말했다. 아이들은 앤을 보며 책으로 얼굴을 가리고 숙덕거렸다. 앤에게 다정하게 다가오는 사람은 아무도 없었다. 개회 예배가 끝나고 로저슨 선생님 반에 들어갔을 때도 마찬가지였다.

로저슨 선생님은 주일학교에서 20년 동안 아이들을 가르친 중년 여자였다. 로저슨 선생님의 교육 방식은 교리문답집에 나오는 질문을 하고는, 한 아이를 콕 짚어 책 너머로 엄한 눈길을 던지며 대답을 기다리는 식이었다. 선생님은 유독 앤을 자주 봤는데, 앤은 마릴라가 붙잡고 연습을 시킨 덕에 척척 대답했다. 그러나 앤이 질문이나 대답을 제대로 이해했는지는 알 수 없었다.

앤은 로저슨 선생님도 별로 마음에 들지 않았고, 기분도 비참했다. 같이 수업을 듣는 다른 여자아이들은 전부 볼록 소매 옷을 입고 있었기 때문이다. 볼록 소매 옷을 입지 않으면 살 가치도 없는 것처럼 느껴질 정도였다.

"그래, 주일학교는 어땠니?"

앤이 집으로 돌아오자 마릴라가 궁금해 했다. 모자를 장식했던 화관은 시들어서 오솔길에 버리고 온 탓에 마릴라는 그 사실을 까맣게 몰랐다.

"별로였어요. 끔찍했어요."

"앤 셜리!"

마릴라가 꾸짖는 목소리로 소리쳤다.

앤은 한숨을 푹 쉬며 흔들의자에 앉아 '보니'의 잎에 입을 맞추고는 꽃이 핀 후크시아에 손을 흔들었다.

"제가 없는 동안 외로웠을 거예요. 주일학교에서는요, 아주머니가 일러주신 대로 예의 바르게 행동했어요. 린드 아주머니는 벌써 가고 안 계셨지만 저 혼자 잘 찾아갔고요. 교회로 들어가니 다른 여자아이들이 많더라고요. 저는 개회 예배 시간에 구석 창가 옆 신도석에 앉았어요. 벨 장로님 기도는 정말이지 너무 길었어요. 창가에 앉지 않았다면 벨 장로님의 기도가 끝나기도 전에 지쳤을 거예요. 하지만 창밖에 바로 '반짝이는 호수'가 보이더라고요. 전 호수를 보면서 온갖 멋진 상상을 했어요."

"그러면 안 돼. 벨 장로님의 기도를 들었어야지."

"하지만 벨 장로님은 제게 말을 건 게 아니었어요. 장로님은 하느님께 말하고 있었는데, 기도하는 게 그렇게 좋은 것 같진 않았어요. 하느님이 너무 멀리 계셔서 기도를 드려도 소용없다고 생각하신 것 같아요. 호수 옆에 하얀 자작나무가 길게 늘어서 있는데 그 사이로 햇살이 비집고 들어와 물속 깊고 깊은 곳까지 비추었어요. 아, 마릴라 아주머니, 아름다운 꿈을 꾸는 것 같았어요! 전 그 광경에 가슴이 두근거려서, '감사합니다, 하느님. 감사합니다' 하고 두세 번 말씀을 드렸는걸요."

앤이 항변하듯 말했다.

"큰 소리로 말한 건 아니겠지?"

마릴라가 걱정스럽게 말했다.

"아, 아니에요. 숨소리만큼 작게 했죠. 음, 드디어 벨 장로님 기도가 끝나고 사람들이 제

게 로저슨 선생님 반으로 가라고 하더라고요. 저 말고 여자애들이 아홉 명 더 있는 반이었어요. 그 애들은 전부 볼록 소매 옷을 입었고요. 전 제 옷도 볼록 소매라고 상상하려고 애썼지만 잘 안 됐어요. 왜 안 됐을까요? 동쪽 다락방에 혼자 있을 때는 제 옷들이 볼록 소매라고 상상하는 게 굉장히 쉬웠는데, 진짜 볼록 소매 옷을 입은 아이들 옆에 있으니까 잘 안 되더라고요."

"주일학교에서 소매 따위를 생각해선 안 돼. 수업에 집중했어야지. 수업은 잘 들었겠지."

"아, 그럼요. 질문에 대답도 많이 했는걸요. 로저슨 선생님은 질문을 정말 많이 하셨어요. 선생님이 그렇게 전부 묻기만 해도 되는 건지 잘 모르겠어요. 저도 질문하고 싶은 게 많았는데, 선생님은 저랑 마음이 잘 통하지 않는 것 같아서 가만있었어요. 나중에는 다른 아이들이 모두 어떤 구절을 암송했어요. 선생님이 저한테 조금이라도 아느냐고 물으셔서, 그건 모르지만 〈주인 무덤가의 개〉도 괜찮으시면 외워 보겠다고 말씀드렸어요. 3학년 교과서에 나오는 시예요. 종교적인 시는 아니지만 너무 슬프고 우울해서 종교시라고 해도 괜찮을 거예요. 선생님은 그건 안 된다고, 다음에 주일학교에 올 때까지 열아홉 번째 구절을 외워 오라고 하셨어요. 그 구절을 수업이 끝난 다음에 교회에서 읽어봤는데 정말 아름다웠어요. 특히 제 가슴이 뛰었던 부분은 이 두 줄이에요.

살육당한 기병대가 쓰러지듯 순식간에 무너졌나니
미디안 재앙의 날이여

'기병대'나 '미디안'이 무슨 뜻인지 모르지만 너무 비극적으로 들리거든요. 이 시를 암송할 생각을 하니 다음 주까지 어떻게 기다려야 할지 모르겠어요. 주일학교를 마치고 로저슨 선생님께 마릴라 아주머니 자리가 어딘지 여쭤봤어요. 아, 린드 아주머니가 너무 멀리 떨어져 계셨거든요. 저는 할 수 있는 한 얌전히 앉아 있었어요. 오늘의 성경 말씀은 《요한계시록》 3장 2절과 3절이었어요. 굉장히 길더라고요. 제가 목사님이었다면 짧고 멋진 구절을 골랐을 거예요. 설교도 무지무지 길었어요. 설교도 성경 말씀에 맞게 길게 하셔야 했나 봐요. 목사님 설교도 정말 재미없었어요. 상상력이 부족한 게 문제 같아요. 전 설교를 열심히 듣지는 않았어요. 딴생각도 자꾸 들고 진짜 멋진 상상도 하고 그랬어요."

마릴라는 앤을 엄하게 꾸짖어야 한다는 생각이 들긴 했지만, 앤의 말 중에 몇 가지는 부인할 수 없는 사실이라 선뜻 입을 열지 못했다. 특히 벨 장로의 기도와 목사님의 설교에 대해서는 마릴라도 수년간 속으로만 생각했지

입 밖에 내어본 적이 없었다. 마음속에만 몰래 갖고 있던 비판적인 생각들이 이 솔직하고 소외당했던 아이의 입을 통해 비난의 모양새로 튀어나온 기분이었다.

12

엄숙한 맹세와 약속

마릴라가 꽃 모자 이야기를 들은 건 그 다음 주 금요일이 되어서였다. 린드 부인의 집에서 돌아오자마자 마릴라가 앤을 불렀다.

"앤, 린드 부인 얘기로는 지난 주일에 네가 장미하고 미나리아재비를 우스꽝스럽게 매단 모자를 쓰고 교회에 갔다더구나. 도대체 어째서 그렇게 멋대로 구는 게냐? 정말 좋은 구경거리가 됐겠구나!"

"아, 분홍색이랑 노란색이 저랑 안 어울리는

건 알아요."

"허튼소리! 무슨 색이든 모자에 꽃을 다는 게 우스꽝스럽다는 얘기야. 참 갈수록 태산이구나!"

"옷에는 꽃을 달면서 왜 모자에 달면 우스꽝스럽다는 건지 모르겠어요. 옷에 꽃을 다발로 단 아이들이 얼마나 많았는데요. 그거랑 뭐가 달라요?"

앤이 항의했다. 하지만 마릴라는 모호하고 추상적인 샛길로 끌려 들어가지 않고, 확실한 입장을 단단히 지켰다.

"그런 식으로 되묻지 마라. 되잖은 짓이야. 다시는 내 앞에서 그런 꾀부리지도 말고. 네가 그런 꼴로 들어오는 걸 보고 린드 부인은 바닥이 푹 꺼져 버리는 줄 알았다더구나. 너무 멀리 앉아 있어서 꽃을 떼라고 말도 못 해줬고 나중엔 이미 때가 늦었다고 말이다. 그 일로 사람들이 별소릴 다했다고 하더구나. 보나마나 그런 꼴을 하도록 놔둔 나도 생각 없는 사람이라고 했겠지."

앤은 눈물을 글썽였다.

"아, 죄송해요. 아주머니가 싫어하실 거라고는 생각도 못했어요. 장미하고 미나리아재비꽃이 너무 예쁘고 귀여워서 모자에 꽂으면 근사할 것 같았거든요. 다른 여자애들도 모자에 조화를 달고 다니잖아요. 제가 아주머니께 끔찍한 골칫거리가 되면 어쩌죠. 절 고아원으로 돌려보내는 게 더 나을지도 모르겠어요. 물론 저한텐 끔찍하겠지만요. 제가 견딜 수 있을지 모르겠어요. 아마 폐결핵에 걸릴지도 몰라요. 전 비쩍 말랐잖아요. 하지만 아주머니께 골칫덩이가 되느니 차라리 그게 낫겠어요."

마릴라는 아이를 울린 게 속상했다.

"말도 안 되는 소리 마라. 널 고아원으로 돌려보내고 싶은 게 아니야. 내가 바라는 건 네가 너 스스로를 우스꽝스럽게 만들지 말고 다른 여자애들처럼 행동했으면 좋겠다는 거다. 그만 눈물 그치거라. 네게 들려줄 소식이 있단다. 오늘 오후에 다이애나 배리가 집으로 돌아왔다는구나. 배리 부인에게 치마 견본을 빌리러 갈 건데, 너도 같이 가서 다이애나와 인사하려무나."

앤은 두 손을 맞잡고 벌떡 일어섰다. 그 바람에 단을 감침질하던 행주가 바닥으로 떨어졌다. 볼은 아직 눈물 자국으로 반들거렸다.

"아, 마릴라 아주머니. 두려워요. 진짜로 때가 되었다고 생각하니 정말 겁이 나요. 그 애가 날 싫어하면 어쩌죠? 그럼 제 평생에 가장 비극적이고 절망적인 일이 될 거예요."

"허둥대지 말거라. 그렇게 장황하게 말하지도 말고. 어린아이가 그러면 좀 이상해 보인단다. 다이애나는 널 좋아할 게다. 네가 조심해야 할 사람은 그 애 어머니야. 배리 부인이 널 마음에 들어 하지 않으면 다이애나가 널 좋아해도 아무 소용없단다. 네가 린드 부인에게 대들었던 일과 모자에 미나리아재비꽃을 달고 교회에 간 얘기를 이미 들었다면, 배리 부인이 널 어떻게 생각할지 모르겠구나. 얌전히 예의 바르게 행동하고, 엉뚱한 소리는 하지 말고. 세상에, 얘가 정말로 떨고 있잖아!"

앤은 바들바들 떨었다. 얼굴은 하얗게 질려서 잔뜩 굳어 있었다.

"아, 마릴라 아주머니, 아주머니도 마음의 친구가 되고 싶은 아이를 만나게 됐는데 그 아이의 어머니가 나를 싫어할지도 모른다고 생각하면 저처럼 떨리실 거예요."

앤은 서두르며 모자를 집었다.

앤과 마릴라는 개울을 건너고 전나무 수풀이 우거진 언덕 지름길을 따라 과수원집으로 갔다. 마릴라가 문을 두드리자 배리 부인이 부엌문으로 나왔다. 배리 부인은 키가 크고 눈동자와 머리가 검었는데, 입매가 매우 다부져 보였다. 배리 부인은 자녀들에게 매우 엄하다고 소문이 나 있었다.

배리 부인이 반갑게 맞으며 인사했다.

"안녕하세요, 마릴라. 어서 들어오세요. 이 아이가 입양했다는 아이군요?"

"네, 앤 셜리라고 해요."

"끝에 'e'가 붙어요."

몸이 떨리고 마음은 들떴지만 이 중요한 문제에 오해가 생겨서는 안 된다는 생각에 앤이 가쁜 목소리로 덧붙였다.

배리 부인은 못 들은 건지, 이해하지 못한 건지 그저 악수를 하며 상냥하게 인사했다.

"잘 지내니?"

"마음은 복잡하지만 몸은 잘 지내요. 감사합니다."

앤이 진지한 얼굴로 말하고는 마릴라에게 다 들리는 귓속말로 물었다.

"아주머니, 저 엉뚱한 말 하지 않았죠?"

다이애나는 소파에 앉아 있다가 손님이 들어오자, 읽던 책을 내려놓았다. 다이애나는 무척 예쁜 아이였다. 어머니를 닮아 눈동자와 머리가 까맣고 뺨은 장미처럼 붉었다. 명랑한 표정은 아버지에게서 물려받은 것이었다.

"내 딸 다이애나란다. 다이애나, 앤을 데리고 정원에 나가서 꽃을 보여 주렴. 책만 읽으면 눈이 나빠질 수 있으니 나가는 게 더 나을 거야. 저 아이는 정말이지 책을 너무 많이 봐요."

배리 부인은 아이들이 나가자 마릴라에게 말을 이었다.

"아이 아버지까지 거드는 덕에 제가 말릴 수가 없어요. 늘 책만 들여다본다니까요. 같이 놀 친구가 생긴다니 좋네요. 밖에서 보내는 시간이 이제 좀 많아지겠죠."

정원 가득 서쪽 하늘의 저녁노을빛이 오래된 전나무들 사이로 부드럽게 쏟아졌다. 앤과 다이애나는 화려한 참나무 덤불을 사이에 두고 서로를 수줍게 바라보았다.

배리 씨네 정원에는 나무 그늘이 많고 꽃이 만발했다. 지금과 같은 운명의 순간이 아니었다면 앤은 무척 들떴을 것이다. 커다란 버드나무 고목과 키 큰 전나무들이 정원 주변을 둘러쌌고, 나무 아래에는 그늘을 좋아하는 꽃들이 소담스레 모여 있었다. 조개껍데기로 깔끔하게 가장자리를 두른 반듯한 작은 길들이 촉촉한 빨간 리본처럼 직각으로 교차했고, 길 사이사이 흙밭에는 옛 정취를 물씬 풍기는 꽃들이 흐드러지게 피었다. 장밋빛 금낭화와 눈부시게 아름다운 진홍빛 작약, 향기로운 새하얀 수선화, 가시가 많고 아름다운 스코틀랜드 장미, 분홍색과 파랑색, 하얀색이 어우러진 매발톱꽃, 연보랏빛 비누풀꽃, 무성하게 자란 개사철쑥과 갈풀과 박하, 난초 종류인 보랏빛 아담과 이브, 수선화, 솜털같이 여리고 향기로운 가지를 지닌 하얗고 귀여운 클로버 무리, 하얗고 반듯한 사향꽃과 그 위로 불타는 창을 겨눈 모습의 진홍색 노티아가 고루 눈에 띄었다. 햇살이 꾸물거리고 벌들이 윙윙 노래했으며, 바람도 이끌려 와 바스락바스락 서성이는 정원이었다.

이윽고 앤이 두 손을 꼭 마주 잡고 거의 속삭이다시피 입을 열었다.

"아아, 다이애나. 그러니까 넌…… 나를 조금이라도 좋아할 수 있을 것 같니? 마음의 친구가 될 만큼?"

다이애나가 웃었다. 다이애나는 말하기 전에 늘 웃었다.

"그런 것 같아. 네가 초록 지붕 집에 살게 돼서 얼마나 기쁜지 몰라. 친구가 있으면 정말 즐거울 거야. 여긴 가까이에 같이 놀 여자아이들이 없거든. 여동생도 아직 어리고 말이야."

다이애나는 솔직하게 대답했다.

"영원히 내 친구가 되어 준다고 맹세해 줄래?"

앤이 간절하게 말했다.

"그건 아주 나쁜 거야."*

다이애나는 깜짝 놀란 얼굴로 나무랐다.

"아, 아니. 그게 아니야. 두 가지 뜻이 있잖아."

"난 한 가지밖에 몰라."

다이애나가 미심쩍어 했다.

"정말 한 가지가 더 있어. 이건 전혀 나쁜 게 아니야. 그냥 엄숙히 서약하고 약속한다는 뜻이야."

다이애나가 안심이라는 듯 말했다.

"그래, 그런 거라면 괜찮아. 어떻게 하는 건데?"

앤이 엄숙하게 말했다.

"손을 잡아야 돼. 이렇게. 원래는 흐르는 물 위에서 해야 하는데, 우린 그냥 이 길에 물이

---

* 다이애나가 'swear(맹세 또는 저주)'를 '저주'의 의미로 받아들였다.

흐른다고 상상하자. 내가 먼저 맹세할게. 나는 해와 달이 사라지지 않는 한 마음의 친구인 다이애나 배리에게 충실할 것을 엄숙히 맹세합니다! 자, 이제 네가 내 이름을 넣어 말하면 돼."

다이애나가 웃으며 '맹세'를 했고 맹세를 마치고 또 웃었다.

"넌 참 이상한 애야, 앤. 네가 이상하다는 소린 들었어. 그렇지만 난 네가 정말 좋아질 것 같아."

마릴라와 앤이 집으로 돌아갈 때 다이애나가 통나무 다리까지 배웅했다. 두 아이는 서로 팔짱을 끼고 걸었다. 개울에 다다라 헤어질 때는 다음 날 오후에 다시 만나자는 약속을 수없이 주고받았다.

마릴라가 초록 지붕 집의 정원으로 들어서며 물었다.

"그래, 다이애나랑은 마음이 통할 것 같든?"

"네, 그럼요."

앤은 행복에 겨워 마릴라가 비꼬는 말투라는

것도 알아채지 못하고 한숨을 쉬며 대답했다.

"마릴라 아주머니, 지금 이 순간은 제가 프린스에드워드 섬에서 가장 행복한 아이일 거예요. 오늘 밤은 정말 진심으로 기도를 드릴 수 있을 것 같아요. 내일은 다이애나하고 윌리엄 벨 아저씨의 자작나무 숲에 놀이집을 만들기로 했어요. 장작 창고에 있는 깨진 그릇들을 가져가도 돼요? 다이애나는 생일이 2월이고 제 생일은 3월이에요. 정말 신기한 우연의 일치 같지 않으세요? 다이애나가 제게 읽을 책도 빌려준댔어요. 다이애나가 그러는데 정말 놀랍고 흥미진진한 책이래요. 숲 뒤에 검은 백합이 있는 곳도 보여 준댔어요. 다이애나 눈을 보면 감정이 참 풍부한 것 같지 않으세요? 제 눈도 그랬으면 좋겠어요. 〈개암나무 골짜기의 넬리〉라는 노래도 가르쳐 준대요. 제 방에 걸어둘 그림도 준다고 했어요. 굉장히 아름다운 그림이래요. 예쁜 여자가 하늘색 실크 드레스를 입고 있는 그림인데, 재봉틀 가게에서 선물로 받았대요. 저도 다이애나에게 줄 게 있다면 얼마나 좋을까요. 키는 제가 다이애나보다 2센티미터에서 3센티미터 정도 더 크지만 다이애나가 저보다 훨씬 더 통통해요. 그 애는 마른 게 훨씬 더 우아해 보인다면서 살이 빠졌으면 좋겠다고 하는데, 그냥 제 기분을 달래주려고 한 말 같아요. 다음에 바닷가로 조개껍데기도 주우러 갈 거예요. 우린 통나무 다리 아래서 솟는 샘을 '드라이어드 샘'이라고 부르기로 했어요. 정말 우아한 이름이죠? 그런 이름의 샘이 나오는 책을 읽은 적이 있어요. 드라이어드는 그러니까 어른 요정 같은 게 아닐까 해요."

"글쎄다. 다이애나한테는 그렇게 쉴 새 없이 떠들어대지 않는 게 좋겠구나. 앞으로 뭘 하든 이거 하나만은 명심해라, 앤. 온종일 놀기만 할 수는 없어. 먼저 네가 할 일을 해놓고 그 다음에 놀아야 해."

마릴라가 말했다.

앤의 마음속에 가득 담겨 있던 행복감은 매슈 덕분에 밖으로 넘쳐흘렀다. 매슈는 카모디의 한 가게에 들렀다 이제 막 집에 도착한 참이었는데, 마릴라의 눈치를 살피며 주머니에서 작은 꾸러미를 하나 꺼내 멋쩍어 하며 앤에게 건넸다.

"네가 초콜릿을 좋아한다기에 조금 가져왔다."

마릴라가 콧방귀를 뀌었다.

"허, 이 썩고 속만 상한다고요. 자, 자, 얘야. 그렇게 울상을 지을 필요는 없다. 매슈 오라버니가 일부러 사 온 것이니 조금 먹으려무나. 박하사탕을 샀으면 더 좋았을 것을. 그게 더 몸에 좋으니까 말이다. 몸에 안 좋으니 한 번에 다 먹지 마라."

"그럼요. 지금 다 먹진 않을 거예요. 오늘 밤은 한 개만 먹을게요, 아주머니. 반은 다이애나에게 줘도 될까요? 그렇게 하면 나머지 반이 두 배로 더 달콤할 것 같아요. 다이애나한테 뭔가 줄 수 있다고 생각하니 기뻐요."

앤이 꼭 허락해 달라는 얼굴로 말했다.

앤이 다락방으로 올라간 뒤에 마릴라가 말했다.

"저건 좋은 점 같아요. 인색하게 굴지 않는 거요. 다행이죠. 하고 많은 단점 중에서 아이가 인색한 건 질색이거든요. 이것 참, 저 애가 온 지 3주밖에 안 됐는데 마치 처음부터 같이 살았던 것 같아요. 저 애가 없는 집은 상상이 안 되네요. 그것 보란 듯이 쳐다보지 말아요, 오라버니. 여자가 그래도 기분 나쁜데, 남자가 그러는 건 참고 봐줄 수가 없네요. 솔직히 나도 인정해요. 오라버니가 하자는 대로 저 애를 키우기로 한 건 잘한 것 같아요. 저 애가 점점 좋아지기도 하고요. 그렇다고 그걸 자꾸 들먹이며 으스댈 생각은 말아요, 매슈 오라버니."

13

기대하는 즐거움

"지금쯤이면 들어와서 바느질할 시간인데."

마릴라가 시계를 흘끗 보고 밖으로 시선을 돌렸다. 나른한 8월 오후의 열기에 모든 것이 꾸벅꾸벅 조는 듯했다.

"다이애나랑 노느라 돌아오라고 한 시간보다 30분이나 늦게 와서는, 할 일이 있다는 걸 뻔히 알면서 장작더미 위에 앉아 오라버니한테 쉴 새 없이 떠들어 대고 있으니. 또 오라버니는 실없이 듣고만 있고. 저렇게 얼빠진 남자는 평생 본 적이 없다니까. 이상한 얘기들을 지껄이면 지껄이는 대로 더 즐거워한단 말이야. 앤 셜리, 당장 이리 오거라, 내 말 안 들리니?"

계속해서 서쪽 창을 똑똑 두드리자, 마당에 앉아 있던 앤이 한걸음에 달려왔다. 눈은 반짝거렸고 두 볼은 연한 분홍빛으로 물들었으며, 풀어 헤친 머리는 등 뒤에서 눈부시게 물결쳤다.

앤이 숨을 가쁘게 몰아쉬며 소리쳤다.

"와, 마릴라 아주머니. 다음 주에 주일학교에서 소풍을 간대요. '반짝이는 호수' 가까이에 있는 하먼 앤드루스 씨네 들판으로요. 벨 아주머니와 린드 아주머니가 아이스크림을 만드실 거래요. 아주머니, 아이스크림 말이에요! 아, 마릴라 아주머니, 저도 가도 되나요?"

"제발 시계 좀 보거라, 앤. 내가 몇 시에 들어오랬지?"

"2시요. 하지만 소풍이라니 너무 신나지 않아요, 아주머니? 저도 가도 되죠? 제발요. 한 번도 소풍을 가 본 적이 없단 말이에요. 꿈을 꾼 적은 있지만 가 본 적은……."

"그래, 2시까지 들어오라고 했다. 그런데 지금은 2시 45분이구나. 왜 내 말을 어겼는지 듣고 싶구나, 앤."

"그게, 저도 될 수 있으면 지키려고 했어요. 하지만 '한적한 숲'이 얼마나 아름다운지 모르실 거예요. 그리고 매슈 아저씨께도 소풍 얘기를 해야 했고요. 매슈 아저씨는 얘기를 정말 잘 들어주세요. 저 가도 되죠?"

"넌 그 한적한 뭔가 하는 게 아름다워도 참는 법을 배워야 해. 내가 몇 시에 들어오라고 하면, 그건 30분 늦게 오라는 게 아니라 그 시간에 맞춰 오라는 얘기다. 그리고 오는 길에 말 잘 들어주는 사람한테 가서 떠들어서도 안 되고. 소풍이라면 물론 가도 좋아. 넌 주일학교 학생이고, 다른 아이들도 다 가는데 너만 못 가게 하진 않을 테니까."

"하지만…… 하지만……."

앤이 머뭇거리다 말했다.

"다이애나가 그러는데 다른 아이들은 전부 바구니에 먹을 것을 담아온대요. 전 요리를 못 하잖아요, 마릴라 아주머니. 그리고…… 그리고…… 볼록 소매 옷을 안 입고 가는 건 괜찮은데, 바구니 없이 소풍에 가면 창피해서 견딜 수 없을 거 같아요. 다이애나한테 그 얘기를 들은 뒤로 계속 마음에 걸렸어요."

"그거라면 더 걱정할 필요 없다. 음식은 내가 만들어 주마."

"아, 고맙습니다, 아주머니. 아, 아주머니는 제게 참 잘해 주세요. 아, 정말 고맙습니다."

'아'를 연발하던 앤이 마릴라의 품에 뛰어들더니 뛸 듯이 기뻐하며 윤기 없는 마릴라의 뺨에 마구 입을 맞추었다. 어린아이가 먼저 다가와 마릴라의 얼굴에 입을 맞춘 것은 평생 처음 있는 일이었다. 놀랍도록 따뜻한 기분이 마릴라의 가슴에 순식간에 퍼졌다. 마릴라는 앤의 충동적 입맞춤이 말할 수 없이 즐거웠지만, 아무 내색도 하지 않고 무뚝뚝하게 말했다.

"자, 자, 이러지 않아도 된다. 그보다 시킨 일이나 제대로 했으면 좋겠구나. 요리라면 조만간 내가 가르쳐 주려고 했단다. 하지만 네가 하도 덤벙대서 가르치기 전에 네가 좀 차분해지고 꾸준해지기를 기다리고 있었지. 요리할 때는 긴장해야 한다. 머릿속으로 온갖 것에 정신이 팔려서 중간에 손을 놔서도 안 되고. 이제 바느질거리를 가져와서 저녁 먹기 전까지 조각보 깁는 걸 끝내거라."

"전 조각보 만드는 게 싫어요."

앤이 우울하게 말하고는 반짇고리를 가져와 빨갛고 하얀 마름모 모양 천 무더기 앞에 한숨을 쉬며 앉았다.

"바느질이 재미있을 때도 있겠죠. 하지만 조각보에는 상상할 수 있는 게 하나도 없어요. 하나를 잇고 나면 또 잇고, 그렇게 해서 무슨 소용이 있는지 잘 모르겠어요. 하지만 아무것도 안 하고 놀기만 하는 다른 집의 앤보다 조각보를 만드는 초록 지붕 집의 앤이 되는 게 낫긴 해요. 바느질할 때도 다이애나랑 놀 때만큼 시간이 빨리 갔으면 좋겠지만요. 저희는 정말 멋지게 시간을 보내요, 아주머니. 상상은 대부분 제가 해야 하지만 제가 상상은 또 잘하잖아요. 다이애나는 상상하는 거 빼고 모든 걸 다 잘해요. 개울 너머에 작은 땅이 있잖아요. 우리 농장이랑 배리 아저씨네 농장 사이로 흐르는 개울 말이에요. 그게 윌리엄 벨 아저씨네 땅인데, 그 땅 한쪽에 하얀 자작나무가 동그랗게 에워싼 곳이 있거든요. 정말 낭만적인 곳이에요, 아주머니. 다이애나랑 전 거기에 장난감 집을 지었어요. 그곳이 '한적한 숲'이에요. 정말 시적인 이름이죠? 그 이름을 생각하는 데 시간이 좀 걸렸어요. 밤을 꼬박 샐 뻔했다니까요. 그러다가 막 잠이 들려는 순간, 그 이름이 번쩍 떠오른 거예요. 그 이름을 듣고 다이애나는 홀딱 반했어요. 우린 집을 우아하게 꾸몄어요. 꼭 와서 한번 보세요, 아주머니. 이끼로 덮인 커다란 돌을 의자 대신 갖다 놓고, 나무 사이에 판자를 얹어서 선반을 만들었어요. 선반 위에는 접시들을 올려놨고요. 물론 전부 깨진 그릇이지만 깨지지 않았다고 상상하는 건 하나도 어렵지 않아요. 특히 빨갛고 노란 담쟁이 그림이 있는 접시가 정말 예뻐요. 그 접시하고 요정의 거울은 거실에 두었어요. 요정의 거울은 꿈에 나오는 것처럼 아름다워요. 다이애나가 집에 있는 닭장 뒤 숲에서 찾았대요. 거울에 무지개가 잔뜩 그려져 있는데, 아직 다 자라지 못한 어린 무지개들 같아요. 다이애나의 어머니는 그게 예전에 집에 있던 벽걸이 등이 깨진 조각이라고 하셨대요. 하지만 무도회가 열린 어느 날 밤에 요정들이 거울을 잃어버렸다고 상상하면 멋지잖아요. 그래서 우리는 그걸 '요정의 거울'이라고 불러요. 매슈 아저씨가 식탁을 만들어 주시기로 했어요. 아, 배리 아저씨네 농장 너머에 있는 작고 동그란 연못은 '버드나무 연못'이에요. 이 이름은 다이애나가 빌려준 책에서 봤어요. 그 책은 정말 감동적이었어요, 아주머니. 주인공 여자는 애인이 다섯 명이나 됐어요. 난 한 명이면 만족할 거 같은데. 여자는 아주 아름답지만 온갖 엄청난 시련을 겪어요. 그 여자는 기절도 아주 잘해요. 저도 기절할 수 있으면 좋겠어요, 아주머니. 정말 낭만적이잖아요. 하지만 전 이렇게 말랐는데도 진짜 건강하거든요. 그래도 조금 살이 붙은 거 같아요. 그래 보이나요? 전 아침에 일어나면 매일 팔꿈치를 보면서 혹시 옴폭 들어가지 않았는지 확인해요. 다이애나는 이번에 반소매 옷을 새로 만든대요. 이번 소풍에 입고 갈 거랬어요. 아, 다음 주 수요일엔 날씨가 맑아야 할 텐데. 소풍을 못 가게 되면 그 실망감을 견디기 힘들 거예요. 그래도 이겨내기야 하겠지만, 분명 제 평생의 슬픔으로 남겠죠. 앞으로 소풍을 백 번 더 가더라도 소용없어요. 이번에 못 가는 한 번을 대신할 수 없으니까요. 이번에 소풍을 가면 '반짝이는 호수'에서 배도 타고, 아이스크림도 먹는다고 말씀드렸죠. 전 아직 한 번도 아이스크림을 못 먹어봤단 말이에요. 다이애나가 어떤 맛인지 설명해 주려고 애썼는데, 상상만으로 아이스크림 맛을 알기는 힘든 거 같아요."

"앤, 시계를 보니 10분 동안 계속 떠들었구나. 궁금해서 그러는데 10분 동안 조용히 있을 수도 있는지 한번 보자꾸나."

앤은 마릴라가 바라는 대로 입을 다물었다. 하지만 그 주 내내 앤은 소풍 얘기를 하고 소풍 생각을 하고 소풍 꿈을 꿨다. 토요일에 비가 내리자, 수요일까지 비가 계속 올까 봐 걱정하느라 어찌나 안달을 하는지 마릴라는 앤을 진정시키려고 평소보다 조각보 깁는 일을 더 시켰다.

일요일에 교회에서 돌아오는 길에 앤은 목사님이 설교단에서 소풍을 간다고 발표했을 때 흥분으로 온몸에 전율이 흘렀다고 마릴라에게 털어놨다.

"짜릿짜릿한 기분이 등을 타고 오르내렸어요, 아주머니! 그때까지도 정말 소풍을 갈 거라고는 믿고 있지 않았나 봐요. 저 혼자 상상한 걸까 봐 겁이 났거든요. 하지만 목사님이 설교단에서 그렇게 말씀하셨으니 이제 믿을 수 있어요."

"앤, 넌 무슨 일이든 그렇게 온 마음을 다 쏟는구나. 앞으로 살면서 실망할 일이 많을까 봐 걱정이다."

마릴라가 한숨을 쉬며 말했다.

"아, 마릴라 아주머니, 뭔가를 기대하는 건 그 자체로 즐겁잖아요. 어쩌면 바라던 결과를 얻지 못할 수도 있지만, 그래도 기대할 때의 즐거움은 아무도 못 막을걸요. 린드 아주머니는 '아무것도 기대하지 않는 자 복 받을지어다. 왜냐하면 결코 실망할 일도 없으니'라고 말씀하시지만, 전 실망하는 것보다 아무 기대도 하지 않는 게 더 나쁜 거 같아요."

그날도 마릴라는 여느 때처럼 자수정 브로치를 꽂고 교회에 갔다. 마릴라는 교회에 갈 때면 언제나 자수정 브로치를 달았다. 브로치를 달지 않으면 성경책이나 헌금으로 낼 10센트를 잊고 가는 것만큼이나 큰 죄라고 생각하는 듯했다. 자수정 브로치는 마릴라가 가장 소중히 여기는 물건이었다. 배를 탔던 삼촌이 마릴라의 어머니에게 준 것을 마릴라가 물려받은 것이었다. 꽤 질 좋은 자수정이 가장자리에

박혀 있는 타원형의 구식 브로치 안에는 어머니의 머리카락이 들어 있었다. 마릴라는 보석에 대해 별로 아는 게 없어서 그 자수정이 실제로 얼마나 좋은 건지는 알지 못했다. 하지만 브로치가 무척 아름답다고 생각했고, 자신의 고상한 밤색 새틴 드레스에 달면 눈에 보이지는 않아도 목 부분에서 보랏빛으로 은은하게 반짝일 거라는 생각에 언제나 기분이 좋았다.

앤은 그 브로치를 처음 보자마자 홀딱 반해서 감탄을 쏟아냈다.

"아, 마릴라 아주머니. 정말 우아한 브로치예요. 그런 브로치를 달고 어떻게 설교에 귀를 기울이고 기도를 하시는지 모르겠어요. 전 그렇게 못할 거예요. 자수정은 정말 아름다운 것 같아요. 다이아몬드를 본 적 없던 아주 오래전에 머릿속으로 다이아몬드를 상상했는데 그거랑 비슷하게 생겼어요. 전 다이아몬드를 아름답고 은은하게 빛나는 보랏빛 보석으로 떠올

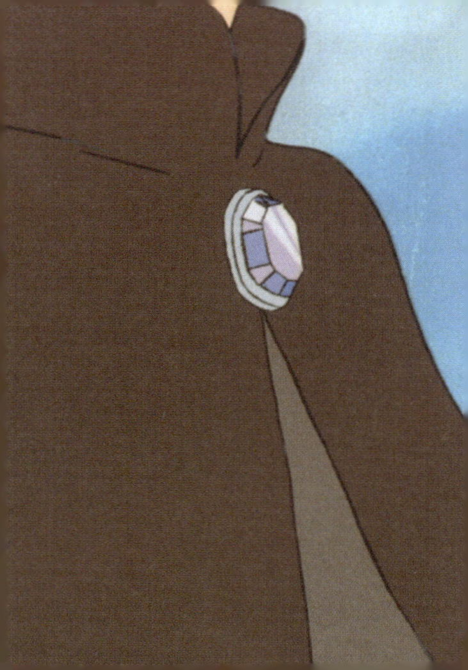

렸거든요. 그런데 어느 날 한 부인이 낀 진짜 다이아몬드 반지를 보고 너무 실망해서 울어 버렸어요. 물론 굉장히 예쁘긴 했지만 제 상상 속의 다이아몬드와 달랐거든요. 잠깐 만져봐도 되나요? 자수정이 착한 제비꽃들의 영혼은 아닐까요?"

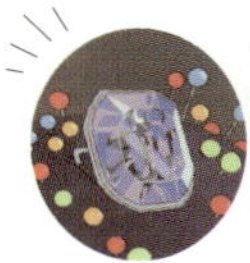

14

앤의 고백

소풍을 앞둔 월요일 저녁, 마릴라가 불편한 얼굴로 자기 방에서 내려왔다.

"앤."

마릴라는 말끔히 치운 식탁 앞에 앉아 콩깍지를 까고 있는 앤을 불렀다. 앤은 콩깍지를 까면서 다이애나가 가르쳐 준 대로 감정을 한껏 실어 〈개암나무 골짜기의 넬리〉를 부르고 있었다.

"내 자수정 브로치 못 봤니? 어제저녁 교회

에 다녀와서 바늘꽂이에 꽂아 둔 것 같은데 온데간데없구나."

"아까…… 아까 오후에 아주머니가 봉사회에 가셨을 때 봤어요. 아주머니 방 앞을 지나가는데 바늘꽂이에 있는 게 보여서 들어가서 봤어요."

앤이 조금 뜸을 들이며 말했다.

"브로치를 만졌니?"

마릴라가 엄하게 물었다.

"아…… 네. 어때 보일까 궁금해서 가슴에 달아 봤어요."

앤이 머뭇거리며 시인했다.

"그런 짓을 하면 안 되지. 남의 물건에 손대는 건 아주 나쁜 행동이야. 내 방에 들어간 것부터가 잘못이고, 네 것도 아닌 브로치를 만진 것도 잘못이다. 그래, 브로치는 어디에 뒀니?"

"탁자 위에 다시 올려놨어요. 일 분도 안 꽂고 있었어요. 정말로 만질 생각은 아니었는데.

아주머니 방에 들어가고 브로치를 달아 보는 게 나쁜 행동인지 몰랐어요. 하지만 이제 알았으니까 다음부터는 절대 안 그럴게요. 그게 제 장점 중 하나거든요. 전 같은 잘못은 두 번 다시 저지르지 않아요."

"제자리에 돌려놓지 않았잖아. 아무리 찾아봐도 탁자에 브로치는 없었다. 앤, 네가 가지고 나갔거나 어떻게 한 게지."

"틀림없이 그 자리에 뒀어요. 브로치를 바늘꽂이에 다시 꽂았는지, 도자기 접시에 올려놨는지는 정확히 기억나지 않아요. 하지만 그 자리에 둔 건 확실해요."

앤이 다급하게 말했고, 마릴라의 눈에는 그 행동이 버릇없게만 보였다. 마릴라는 분명히 해두어야겠다고 생각했다.

"가서 다시 찾아보마. 네가 제자리에 뒀다면 지금도 그 자리에 있겠지. 만약 탁자 위에 브로치가 없다면 네가 제자리에 두지 않았다는 뜻이고!"

하지만 탁자 위는 물론이고 브로치가 있을 만한 곳을 모조리 뒤져 봐도 브로치는 보이지 않았다. 마릴라는 부엌으로 돌아왔다.

"앤, 브로치는 없다. 네 말대로 브로치를 마지막으로 만진 사람은 너야. 자, 브로치를 어떻게 했니? 당장 사실대로 말하거라. 가지고 나갔다가 잃어버렸니?"

"아니에요. 절대로 방에서 브로치를 가지고 나가지 않았어요. 진짜예요. 단두대로 끌려간다고 해도요. 단두대가 뭔지는 잘 모르지만요. 그게 다라니깐요, 아주머니."

앤은 화난 마릴라의 눈을 똑바로 보면서 말했다. 그리고 자기 말이 사실이라는 것을 확실히 하려고 "그게 다라니깐요"라고 했지만, 마릴라는 그 말이 반항하는 것으로 들렸다.

"앤, 거짓말을 하고 있구나. 난 다 알아. 그래, 사실대로 전부 털어놓을 생각이 아니면 더는 아무 말도 하지 말거라. 네 방에 올라가서 솔직하게 말할 마음이 들 때까지 나오지 마라."

마릴라가 날카롭게 말했다.

"콩은 가져갈까요?"

앤이 순순히 말했다.

"아니다. 나머지는 내가 까마. 넌 시키는 대로 해."

앤이 방으로 올라간 뒤 마릴라는 저녁 준비를 하는 내내 마음이 어수선했다. 소중한 브로치라 걱정이 이만저만이 아니었다. 앤이 잃어버렸으면 어쩌지? 누가 봐도 저 애 짓이 분명한데, 저렇게 아니라고 잡아떼다니 정말 못됐어! 그것도 저리 아무렇지도 않은 얼굴로!

마릴라는 어지러운 마음으로 콩깍지를 까며 생각했다.

'내가 잘한 건지 모르겠군. 물론 저 애도 훔치려던 건 아닐 텐데. 그냥 나가서 가지고 놀거나 그걸 보며 으레 하던 그런 상상들을 하려던 거겠지. 어쨌거나 가지고 나간 건 확실해. 앤이 말한 대로라면 오늘 저녁에 내가 들어갈 때까지 내 방에 들어온 사람은 저 애뿐이니까. 그러고 나서 브로치가 없어졌으니 더 확인할 필요도 없지. 그걸 잃어버리고는 벌 받을까 무서워서 실토하지 못하는 게지. 아이가 거짓말을 한다고 생각하니 끔찍해. 이건 버럭 하는 성미보다 훨씬 나빠. 믿을 수 없는 아이를 집에 들인 책임이란 게 참으로 무섭군. 앤은 교활하고 정직하지 못한 모습을 보여 줬어. 브로치를 잃어버린 것보다 그게 더 속상해. 솔직하게만 말했어도 이렇게까지 마음이 상하지는 않았을 텐데.'

마릴라는 저녁내 틈틈이 방에 가서 브로치를 찾았지만 헛수고였다. 잠자리에 들 시간에 동쪽 다락방에 가 봤지만 별 소득이 없었다. 앤은 브로치의 행방에 대해 아는 게 없다는 주장을 굽히지 않았고, 그럴수록 마릴라는 앤의 짓이 틀림없다고 확신했다.

다음 날 아침에 마릴라는 매슈에게 이 이야기를 들려주었다. 매슈는 난처하고 당황스러웠다. 앤을 믿는 마음이 한순간에 사라진 건 아니지만 모든 정황이 앤에게 불리하다는 것을 인정해야 했다.

"탁자 뒤로 떨어진 건 확실히 아니라는 거지?"

매슈가 할 수 있는 말은 이게 전부였다.

"탁자도 옮기고, 서랍도 빼 보고, 틈이란 틈은 다 샅샅이 찾았어요. 브로치는 없어요. 아이가 가져갔다가 잃어버리고는 거짓말을 하는 거예요. 믿고 싶지 않지만 분명해요, 매슈 오라버니. 그렇다고 인정하는 게 나아요."

마릴라가 확신에 차서 대답했다.

"글쎄다. 넌 어쩔 생각이니?"

상황을 해결할 사람이 마릴라라는 사실에 남몰래 안도하며 매슈는 스산한 심정으로 물었다. 이번 일에는 간섭하고 싶은 마음이 전혀 없었다.

"스스로 말할 때까지 방에서 못 나오게 할 거예요. 어디 보자고요. 어디에 가져갔는지만 말하면 브로치를 찾을 수 있을지도 몰라요. 하지만 어쨌든 앤은 단단히 벌을 받아야 해요, 오라버니."

마릴라는 먼젓번에도 이 방법이 효과가 있었던 것을 떠올리며 단호하게 말했다.

"글쎄다. 벌은 받아야겠지. 나는 모른 척하마. 간섭하지 말라고 네가 그랬으니까."

매슈가 모자를 집어 들며 말했다.

마릴라는 모두에게 버림받은 기분이었다. 린드 부인에게 조언을 구할 수도 없었다. 마릴라는 아주 심각한 얼굴을 하고 동쪽 다락방에 올라갔다가 더 심각한 얼굴로 방을 나왔다. 앤은 고백하기를 고집스레 거부했다. 브로치를 가지고 나가지 않았다는 주장만 거듭했다. 울고 있었던 게 분명한 아이의 얼굴을 보자 연민이 심장을 옥죄었지만 그런 마음을 단호히 억눌렀다. 밤이 되자 마릴라는 자기 말마따나 '녹초'가 되었다.

"솔직히 말할 때까지 방에서 나오지 못할 거다, 앤. 어떻게 할지는 네가 정하는 거야."

마릴라가 단호하게 말했다.

"하지만 내일은 소풍날이에요, 아주머니. 소풍도 못 가게 하진 않으실 거죠? 낮에는 잠깐 나가게 해주실 거죠? 그럼 다녀와서 아주머니가 있으라고 하실 때까지 즐겁게 여기 있을게요. 하지만 소풍은 꼭 가야 해요."

앤이 울음을 터뜨렸다.

"사실대로 말할 때까지 소풍이고 뭐고 아무 데도 못 간다."

"아, 아주머니."

앤이 울먹였다. 그러나 마릴라는 문을 닫고 나가 버렸다.

수요일 아침은 마치 소풍을 위해 만든 날처럼 눈부시게 맑았다. 새들이 초록 지붕 집 주위에서 노래했고, 정원에 핀 새하얀 백합의 꽃향기가 보이지 않는 바람을 타고 문과 창으로 들어와 축복의 영처럼 온 방과 복도를 거닐었다. 골짜기의 자작나무는 동쪽 다락방의 앤이 여느 아침처럼 인사를 건네기를 기다리는 듯 반갑게 손을 흔들었다. 하지만 앤은 창가에 모습을 드러내지 않았다. 마릴라가 아침 식사를 들고 다락방에 올라가자, 앤은 창백하지만 단호한 얼굴로, 입술은 꽉 다문 채 눈을 반짝이며 침대에 똑바로 앉아 있었다.

"아주머니, 사실대로 말할게요."

"그래! 그럼 무슨 말인지 들어 보자, 앤."

마릴라가 쟁반을 내려놓았다. 이번에도 자신의 방법이 통한 것이었다. 하지만 이 성공이 마릴라에게는 무척 씁쓸했다.

"제가 자수정 브로치를 가져갔어요. 아주

머니 말씀대로 제가 가져갔어요. 그걸 가져가려고 방에 들어간 건 아니었어요. 하지만 가슴에 달아 보니 너무 아름다워서 유혹을 뿌리칠 수가 없었어요, 아주머니. 전 이 브로치를 '한적한 숲'에 가져가서 코딜리어 피츠제럴드 아가씨 놀이를 하면 얼마나 짜릿할까 상상했어요. 진짜 자수정 브로치가 있으면 코딜리어 피츠제럴드 아가씨라고 상상하기가 훨씬 쉬울 것 같았거든요. 다이애나랑 산딸기로 목걸이도 만들어 봤지만 산딸기가 자수정이랑 비교나 되나요? 그래서 브로치를 가지고 나갔어요. 아주머니가 돌아오시기 전까지 되돌려 놓을 생각이었거든요. 전 브로치를 오래하고 싶어서 큰길로 빙 돌아갔어요. 그러다가 한 번 더 보고 싶어서 '반짝이는 호수' 위 다리에서 브로치를 뺐어요. 아, 햇빛을 받아 얼마나 영롱하게 빛나던지! 그런데 제가 다리에 몸을 기대는 순간, 브로치가 손에서 미끄러졌어요. 그렇게 아래로, 아래로, 보랏빛을 반짝거리면서 영원히 '반짝이는 호수' 바닥에 가라앉아 버렸어요. 이게 제가 최선을 다해 할 수 있는 고백이에요, 아주머니."

앤은 수업 시간에 배운 내용을 외우듯이 말했다.

마릴라의 가슴에 다시금 화가 치밀어 올랐다. 아이는 마릴라가 소중히 여기는 브로치를 가지고 나가 잃어버리고는 누가 봐도 죄책감이나 뉘우침 같은 게 전혀 느껴지지 않는 얼굴로 태연히 자초지종을 요목조목 상세히도 외워 대고 있었다.

"앤, 정말 어처구니가 없구나. 너같이 못된 아이는 처음 봤다."

마릴라는 침착하게 말하려고 노력했다.

"네, 저도 그렇게 생각해요. 그리고 벌을 받아야 한다는 것도 알아요. 아주머니가 저를 벌 주시는 것도 당연하고요. 그런데 지금 바로 벌을 주시면 안 될까요? 소풍은 가벼운 마음으로 가고 싶거든요."

앤이 담담히 인정하며 말했다.

"소풍이라고! 앤 셜리, 넌 오늘 소풍 못 간다. 그게 네가 받을 벌이야. 네가 한 짓을 생각하면 이건 심한 벌도 아니지!"

"소풍을 못 간다고요! 하지만 보내 주신다고 약속하셨잖아요! 아, 마릴라 아주머니, 전 소풍을 꼭 가야 해요. 그래서 고백도 했잖아요. 그것만 빼고 원하시는 벌은 다 받을게요. 아주머니, 제발요, 제발 소풍을 보내 주세요. 아이스크림은요! 어쩌면 평생 다시는 아이스크림을 못 먹을지도 모르잖아요."

앤이 벌떡 일어나더니 마릴라의 손을 붙잡았다. 하지만 마릴라는 매달리는 앤의 손을 냉정하게 뿌리쳤다.

"애원해도 소용없다, 앤. 넌 소풍에 못 가니 그렇게 알아. 소풍은 못 가. 더는 아무 말 말거라."

앤은 마릴라의 마음이 바뀌지 않으리라는 것을 깨달았다. 앤은 양손을 움켜쥐고 날카로운 비명을 지르며 침대에 얼굴을 묻고, 실망과 좌절감에 완전히 자포자기해서 몸부림치며 엉엉 울었다.

마릴라는 몹시 놀라서 서둘러 방을 나오며 중얼거렸다.

"세상에! 저 아이가 미쳤나 봐. 제정신이라면 저렇게 행동하진 않을 거야. 미친 게 아니면 정말 나쁜 아이인 게지. 아, 이런. 린드 부인이 처음 한 말이 맞았나. 그래도 어렵게 시작했으니까 뒤돌아보진 말아야지."

우울한 아침이었다. 마릴라는 일에만 매달렸다. 그러다 달리 할 일이 없어지자, 현관 바닥과 우유 짜는 곳 선반까지 벅벅 문질러 닦았다. 선반도 현관도 그렇게 닦을 필요가 없었지만, 마릴라는 그렇게 했다. 그런 다음 밖으로 나가 갈퀴로 뜰을 청소했다.

점심 준비를 끝낸 마릴라는 계단참에서 앤을 불렀다. 앤은 온통 눈물로 얼룩진 얼굴에, 비참한 표정으로 난간 아래를 내려다봤다.

"내려와 점심 먹어라, 앤."

"먹고 싶지 않아요, 아주머니. 아무것도 먹을 수가 없어요. 마음이 너무 아파요. 제 마음을 아프게 하셨으니 아주머니도 언젠가 양심의 가책을 느끼실 날이 올 거예요. 하지만 아주머니를 용서할게요. 때가 되면 아주머니를 용서해 드릴게요. 하지만 제발 제게 뭘 먹으라고, 특히 삶은 돼지고기랑 데친 채소를 먹으라고는 하지 마세요. 삶은 돼지고기랑 채소는 고통에 빠졌을 때 먹기에 너무 낭만적이지 않잖아요."

앤이 훌쩍거리며 대답했다.

몹시 화가 난 마릴라는 부엌으로 돌아가 매슈에게 하소연을 늘어놓았다. 매슈는 공정해야 한다는 생각과 측은한 마음 사이에서 어찌

할 바를 몰라 곤혹스러웠다.

"글쎄다. 저 애가 브로치를 가져가고 거짓말을 한 건 잘못이지. 하지만 아직 어린애잖니. 엉뚱한 구석도 있고. 그렇게 가고 싶어 하는데 소풍을 못 가게 하는 건 너무 가혹하다고 생각하지 않니?"

매슈는 자기 접시에 담긴 낭만적이지 않은 돼지고기와 채소가 앤의 말처럼 마음이 힘들 때 어울리지 않는 음식이라도 되는 양 쓸쓸히 내려다봤다.

"매슈 오라버니, 정말 놀랍군요. 전 저 애를 너무 쉽게 봐줬다고 생각해요. 게다가 저 애는 자기가 얼마나 나쁜 짓을 했는지 전혀 깨닫지도 못하고 있다고요. 전 그게 제일 걱정이에요. 진심으로 뉘우치고 있다면 그나마 조금 나았겠죠. 깨달은 게 없기는 오라버니도 마찬가지네요. 아직도 저 애 편에서만 생각하잖아요. 전 알아요."

"글쎄, 아직 어리니까. 그러니 봐줄 때도 있어야 하고 말이야, 마릴라. 저 애는 교육 같은 걸 받아 본 적이 없잖니."

매슈가 힘없이 같은 말을 되풀이했다.

"그래서 지금 교육을 받고 있잖아요."

마릴라가 쏘아붙였다.

가시 돋친 말에 매슈는 입을 다물었지만 마릴라의 말을 받아들인 것은 아니었다. 점심 식탁은 침울했다. 식탁에서 신이 난 사람은 일꾼인 제리 부트뿐이었다. 마릴라는 그런 제리 부트의 태도가 자기를 놀리는 것처럼 여겨져 화가 치밀었다.

설거지를 하고 빵 반죽을 만들고 닭 모이를 주고 난 마릴라는 문득 떠오르는 게 있었다. 월요일 오후에 부녀자 봉사회에서 돌아와 가장 좋아하는 검정 레이스 숄을 벗어 놓다가 조금 찢어진 곳을 발견했던 게 기억났다.

마릴라는 숄을 수선할 생각으로 방으로 올

라갔다. 숄은 트렁크 가방 안 상자에 들어 있었다. 마릴라가 숄을 꺼내 들자, 창가의 무성한 포도나무 덩굴을 비집고 들어온 햇빛 사이로 숄에 매달린 뭔가가 반짝였다. 깎아낸 듯 반질거리고 반짝반짝한 보랏빛 물체였다. 마릴라는 숨도 못 쉬고 그것을 움켜잡았다. 레이스 올에 걸린 채 매달려 있는 것은 바로 자수정 브로치였다!

마릴라는 머릿속이 멍해졌다.

"세상에, 이게 뭐야? 배리 연못 바닥에 가라앉아 있어야 할 브로치가 여기 멀쩡히 있잖아. 그럼 저 애는 도대체 왜 이걸 가지고 나가서 잃어버렸다고 한 거지? 초록 지붕 집이 뭔가에 홀린 게 틀림없어. 그래, 이제야 기억이 나네. 월요일 오후에 숄을 벗어서 탁자 위에 잠깐 뒀었지. 그때 브로치가 숄에 걸렸구나. 이런!"

마릴라는 브로치를 들고 동쪽 다락방으로 갔다. 앤은 한바탕 울고 난 뒤에 맥없이 창가

에 앉아 있었다.

마릴라가 엄하게 앤을 불렀다.

"앤 셜리. 방금 내 검정 레이스 숄에 걸려 있는 브로치를 찾았단다. 자, 이제 네가 오늘 아침에 왜 그런 이야기를 장황하게 꾸며냈는지 말해 보렴."

앤이 지친 듯 입을 열었다.

"제가 고백할 때까지 이 방에서 나오지 못한다고 하셨잖아요. 그래서 고백하기로 결심한 거예요. 소풍만은 꼭 가고 싶었으니까요. 어젯밤에 자리에 누워서 고백할 말을 생각했어요. 할 수 있는 한 재미있게요. 그러고는 잊어버리지 않으려고 몇 번이고 되뇌었어요. 하지만 결국 소풍을 못 가게 하셨으니, 제 노력이 모두 헛되게 되었지만요."

마릴라는 자신도 모르게 웃음이 나왔다. 하지만 양심의 가책도 느꼈다.

"앤, 넌 정말 사람을 놀라게 하는구나. 하지

만 내가 잘못했다. 이제 알겠어. 넌 한 번도 거짓말을 하지 않았는데 내가 널 믿지 못했구나. 물론 하지도 않은 일을 했다고 고백하는 것도 옳지 않단다. 그것도 아주 큰 잘못이야. 하지만 내가 그렇게 몰아간 거지. 그러니 앤, 네가 날 용서한다면 나도 널 용서하마. 그리고 서로 앙금은 털고 다시 잘 지내보자꾸나. 그럼 이제 소풍 갈 준비를 해야지."

앤이 뛰어오를 듯 자리에서 일어났다.

"아, 아주머니, 너무 늦지 않았을까요?"

"아니다. 이제 2시인걸. 아직 다 모이지도 않았을 테고, 한 시간은 더 있어야 간식도 먹을 게다. 세수하고 머리 빗고 체크무늬 면 원피스를 입거라. 난 바구니에 먹을 걸 챙기마. 집에 구워 놓은 게 많단다. 그리고 제리한테 밤색 말을 내와서 마차로 소풍 장소까지 태워다 주라고 이르마."

"아, 마릴라 아주머니. 5분 전만 해도 너무

비참해서 태어나지 말걸 하고 생각했는데, 지금은 천사도 부럽지 않아요!"

앤이 세면대까지 한달음에 뛰어가며 외쳤다.

그날 밤 앤은 잔뜩 피곤한 모습으로 초록 지붕 집에 돌아왔지만, 말로 표현할 수 없는 축복을 받은 듯 행복해 보였다.

"아, 아주머니. 정말 기막힌 시간을 보냈어요. 기막히다는 건 오늘 처음 배운 말이에요. 메리 앨리스 벨이 그렇게 말하는 걸 들었거든요. 정말 딱 맞는 표현이죠? 모든 게 아름다웠어요. 맛있는 차를 마신 다음 하먼 앤드루스 아저씨가 '반짝이는 호수'로 우릴 다 데리고 가서 노를 저으며 배를 태워 주셨어요. 우리 여섯 명을 한꺼번에요. 제인 앤드루스는 물에 빠질 뻔했어요. 제인이 수련을 꺾으려고 배 밖으로 몸을 숙였는데, 앤드루스 아저씨가 바로 제인의 허리띠를 잡지 않았더라면 아마 물에 빠져 죽었을지도 몰라요. 그게 나였으면 좋왔을 텐데. 물에 빠져 죽을 뻔했다는 건 굉장히 낭만적이잖아요. 이야깃거리로도 짜릿하고요. 우린 아이스크림도 먹었어요. 아이스크림은 말로 표현을 못 하겠어요. 마릴라 아주머니, 천상의 맛이었다는 건 확실해요."

그날 저녁 마릴라는 양말 바구니를 앞에 두고 매슈에게 모든 이야기를 들려주었다.

마릴라는 솔직하게 털어놓았다.

"제가 실수했다는 거 인정해요. 이번 일로 저도 하나 배운 거죠. 앤의 '고백'을 생각하면 웃음이 나와요. 실은 그것도 거짓말이니까 웃으면 안 되겠죠. 그래도 보통 거짓말만큼 나쁜 거짓말은 아닌 것 같아요. 그리고 어쨌든 제게도 책임이 있으니까요. 저 애는 어떤 면에서는 이해가 안 되기도 해요. 그래도 지금까지 본 바로는 썩 괜찮은 아이 같아요. 한 가지 분명한 건, 저 애가 있는 한 따분할 틈이 없을 거라는 거예요."

15

학교에서 일어난 대소동

“정말 멋진 날이야! 이런 날은 살아 있다는 것만으로도 행복하지 않니? 아직 태어나지 않아서 이런 날을 보지 못하는 사람들이 불쌍해. 물론 그들도 멋진 날들을 보기야 하겠지만 오늘 하루는 영영 볼 수 없잖아. 그리고 학교에 갈 때 이런 아름다운 길이 있다는 건 더 멋진 거 같아, 안 그래?”

앤이 숨을 깊이 들이마시며 말했다.

“큰길로 돌아가는 것보단 훨씬 좋지. 큰길

은 먼지도 너무 많고 덥잖아."

다이애나는 있는 사실만 그대로 얘기하면서 점심 바구니를 슬그머니 들여다봤다. 군침이 돌 만큼 먹음직스러운 라즈베리 파이 세 조각이 들어 있었다. 다이애나는 여자아이 열 명이 나눠 먹으면 모두 몇 입씩 먹을 수 있을지 속으로 계산해 봤다. 에이번리 여학생들은 항상 점심을 같이 먹었기 때문에, 라즈베리 파이 세 조각을 혼자 다 먹거나 친한 친구하고만 나눠 먹으면 '치사하다'라는 꼬리표를 평생 달고 살아야 했다. 하지만 파이 세 조각을 열 명이 나눠 먹었다가는 감질만 나고 말 터였다.

앤과 다이애나가 학교로 걸어가는 길은 예뻤다. 앤은 다이애나와 함께 학교를 오가며 걷는 그 길이 상상 속에서도 이보다 더 멋지지 않을 거라고 생각했다. 큰길을 따라 돌아갔다면 이렇게 낭만적이지 않았겠지만 '연인의 오솔길'과 '버드나무 연못', '제비꽃 골짜기', '자작나무 길'은 어디를 가도 낭만적이었다.

'연인의 오솔길'은 초록 지붕 집의 과수원 아래에서 커스버트 농장의 끄트머리와 맞닿은 숲속까지 이어졌다. 이 길로 소들을 뒤편 목초지로 몰고 갔고, 겨울이면 장작을 패서 집으로 싣고 왔다. 앤이 이 길에 '연인의 오솔길'이라는 이름을 붙인 건 초록 지붕 집에 온 지 한 달이 채 되지 않았을 때였다.

앤은 마릴라에게 이렇게 설명했다.

"정말로 연인들이 걸어 다닌다는 얘기는 아니에요. 다이애나하고 같이 정말 아름다운 책을 읽었는데, 거기에 '연인의 오솔길'이 나오거든요. 우리도 그런 길이 하나 있으면 좋겠다고 생각했어요. 이름도 참 예쁘잖아요. 무척 낭만적이고요! 연인은 있다고 상상하면 되고요. 전 그 길이 좋아요. 거기선 상상하는 걸 큰 소리로 떠들어도 절 보고 미쳤다고 말하는 사람도 없거든요."

앤은 아침이면 혼자 '연인의 오솔길'로 나가 개울까지 내려갔다. 그곳에서 다이애나를 만나면, 두 꼬마 숙녀는 무성한 단풍나무 잎들이 아치 모양으로 뻗어 있는 오솔길을 올라가 통나무 다리가 나올 때까지 걸었다. 그 길을 걸으며 앤은 말했다.

"단풍나무는 정말 다정한 나무야. 언제나 바스락거리고 소곤대며 말을 건네잖아."

오솔길을 벗어난 두 아이는 배리 씨네 뒷마당을 지나 '버드나무 연못'을 지나갔다. '버드나무 연못'을 지나면 '제비꽃 골짜기'가 나왔다. '제비꽃 골짜기'는 앤드루 벨 씨네 너른 산그늘 아래 옴폭 패어 들어간 초록빛 골짜기였다.

"물론 지금은 제비꽃이 없어요. 하지만 봄이 오면 온통 제비꽃으로 뒤덮인다고 다이애나가 그랬어요. 아, 아주머니, 제비꽃에 뒤덮인 벌판이 눈앞에 펼쳐진다고 상상해 보세요.

정말 숨이 멎을 것 같아요. '제비꽃 골짜기'라는 이름은 제가 지었어요. 다이애나는 어떤 장소에 저보다 더 멋진 이름을 생각해 내는 사람을 본 적이 없대요. 뭔가를 잘한다는 건 좋은 일이죠? 그런데 '자작나무 길'이란 이름은 다이애나가 지었어요. 그렇게 부르고 싶다고 해서 저도 그러자고 했거든요. 하지만 저라면 평범한 '자작나무 길'보다는 더 시적인 이름을 생각해냈을 거예요. 그런 이름은 아무나 생각할 수 있잖아요. 아무튼 '자작나무 길'도 세상에서 가장 아름다운 장소에 들어갈 거예요, 아주머니."

앤이 마릴라에게 말했다.

정말 그랬다. 앤만 그런 게 아니라 우연히 그 길로 들어선 사람은 누구나 그렇게 생각했다. 살짝 좁고 구불구불한 '자작나무 길'은 긴 언덕을 감아 오르다 벨 씨네 숲이 시작되는 지점에서 끝이 났다. 에메랄드빛 장막처럼 펼쳐진 나무들 사이로 쏟아져 내리는 햇살은 다이아몬드의 심장처럼 작은 티끌 하나 없이 맑고 깨끗했다. 길가에는 아직 어린 호리호리한 자작나무들이 하얀 줄기에 여린 가지를 달고 줄지어 서 있었다. 고사리와 별을 닮은 꽃들, 야생 은방울꽃, 진홍색 미국자리공 덤불 등도 길을 따라 무성했다. 그리고 언제나 기분 좋은 향긋한 내음이 공기 중에 스며 있었고, 새들의 노랫소리와 머리 위에서 나무를 스치는 바람의 속살거림과 웃음소리가 그치지 않았다. 조용히 걷다 보면 가끔 깡충거리며 길을 건너는 토끼가 눈에 띌 때도 있었지만, 앤과 다이애나도 흔히 볼 수 있는 모습은 아니었다. 길을 따라 계곡 아래로 내려가면 큰길이 나왔고, 그 길로 곧장 가문비나무 언덕을 지나면 학교에 도착했다.

에이번리 학교는 처마가 낮고 창이 넓은 하얀색 건물이었다. 교실에는 편하고 튼튼한 구식 책상이 있었는데, 여닫이식 책상 뚜껑은 3대에 걸쳐 학생들이 남긴 이름의 첫 글자와 상형문자처럼 보이는 낙서들로 온통 뒤덮여 있었다. 학교 건물은 길에서 안으로 들어간 곳에 자리했고, 건물 뒤편에는 어둑한 전나무 숲이 있고 개울이 흘렀다. 아이들은 이 개울물에 우유병을 담가 점심시간까지 우유를 시원하고 맛있는 상태로 보관했다.

마릴라는 9월 첫째 날 처음으로 학교로 향하는 앤을 보며 속으로 걱정이 이만저만이 아니었다. 앤은 유별난 아이였다. 다른 아이들과 잘 지낼 수 있으려나? 수업 시간에는 또 어떻게 입을 다물고 있을지?

하지만 학교에 간 앤의 첫날은 마릴라가 걱정한 것보다 순탄했다. 그날 저녁 앤은 기분 좋게 집으로 돌아왔다.

"여기 학교를 좋아하게 될 거 같아요. 선생님은 별로지만요. 선생님은 하루 종일 콧수염만 비비 꼬면서 프리시 앤드루스만 쳐다보세요. 프리시는 나이가 많잖아요. 열여섯 살인데, 내년에 샬럿타운에 있는 퀸스 학교 입학시험을 준비하고 있어요. 틸리 볼터 말로는 선생님이 프리시한테 푹 빠졌대요. 프리시는 피부색이 곱고 머리는 곱슬곱슬한 갈색이에요. 올림머리를 했는데 굉장히 우아해 보여요. 교실 뒤쪽의 긴 의자가 프리시 자리인데, 선생님은 수업 시간 내내 거의 거기 앉아 계세요. 프리시한테 공부를 가르치신다고요. 하지만 루비 길리스가 봤는데, 선생님이 프리시의 석판에 뭔가를 적으니까 프리시가 얼굴이 새빨개져서는 킥킥거렸대요. 루비 길리스는 분명히 수업과 상관없는 내용일 거라고 했어요."

"앤 셜리, 다시는 선생님에 대해 그런 식으로 말하지 말거라. 학교는 선생님을 흉보러 가는 곳이 아니야. 선생님은 네게 뭔가를 가르치고, 넌 배우면 되는 거지. 그러니 앞으로 집에

와서 그런 식으로 선생님 얘기를 늘어놓지 않았으면 좋겠구나. 올바른 행동이 아니야. 학교에서는 별일 없었겠지?"

마릴라가 엄하게 말했다.

"그럼요. 아주머니가 상상하시는 것처럼 어려운 일도 없었어요. 전 다이애나 옆에 앉았어요. 바로 창 옆이어서 '반짝이는 호수'가 내려다 보였어요. 학교엔 좋은 아이들이 많아요. 점심시간에는 같이 기막히게 재밌는 놀이도 했는걸요. 같이 놀 수 있는 여자애들이 많아서 참 좋았어요. 그래도 당연히 다이애나가 제일 좋고, 언제까지나 그럴 거예요. 전 다이애나가 정말, 정말 좋아요. 그런데 전 다른 애들보다 수업 내용이 한참 뒤처져 있어요. 모두 5학년 과정을 배우는데 저만 4학년 과정이거든요. 조금 창피했어요. 하지만 저만큼 상상력이 뛰어난 아이는 없었어요. 금방 알겠던데요. 오늘은 읽기랑 지리, 캐나다 역사, 받아쓰기를 했어요. 필립스 선생님이 제 맞춤법이 부끄러운 수준이라며 아이들이 다 볼 수 있게 제 석판을 높이 들어 올렸어요. 틀린 걸 온통 고쳐 놓은 석판을요. 너무 분했어요, 아주머니. 선생님은 처음 온 학생한테 좀 더 예의 바르게 대해야 한다고 생각해요. 루비 길리스는 사과를 한 개 줬고, 소피아 슬론은 '집에 바래다줄까요?'라고 적힌 예쁜 분홍색 카드를 빌려줬어요. 카드는 내일 돌려주기로 했어요. 틸리 볼터는 자기 구슬 반지를 오후 내내 끼게 해 줬어요. 다락방에 있는 낡은 바늘꽂이에서 진주 구슬 몇 개만 빼서 반지를 만들어도 돼요? 참, 마릴라 아주머니, 제인 앤드루스한테 들었는데, 미니 맥퍼슨이 그랬대요. 프리시 앤드루스가 사라 길리스한테 제 코가 정말 예쁘다고 말하는 걸 들었다고요. 마릴라 아주머니, 그런 칭찬은 태어나서 처음 들어봤어요. 그 말을 듣고 기분이 얼마나 묘했는지 모르실 거예요. 아주머니, 제

코가 정말 예뻐요? 아주머니는 거짓말을 안 하시잖아요."

앤이 기분 좋게 말했다.

"그런대로 괜찮지."

마릴라가 무뚝뚝하게 대꾸했다. 속으로는 앤의 코가 감탄스러울 정도로 예쁘다고 생각했지만, 그렇게 말해 주지는 않을 작정이었다.

그게 벌써 3주 전이었고 아직까지는 모든 게 순탄했다. 그리고 싱그러운 9월 그날 아침, 에이번리에서 가장 행복한 두 아이, 앤과 다이애나는 발걸음도 경쾌하게 '자작나무 길'을 따라 걸었다.

"길버트 블라이드가 오늘 학교에 와. 길버트는 여름 내내 뉴브런즈윅에 있는 사촌 집에서 지내다가 토요일 밤에서야 집에 왔대. 그 애는 정말 잘생겼어, 앤. 그리고 여자애들한테 못된 장난도 잘 치고, 얼마나 못살게 괴롭힌다고."

하지만 다이애나는 못살게 괴롭힘을 당하

더라도 오히려 좋다는 듯한 목소리였다.

"길버트 블라이드? 현관 벽에 줄리아 벨이랑 같이 이름이 적혀 있는 애? 위에 큼지막하게 '주목'이라고 쓰인 거기?"

"맞아. 하지만 줄리아 벨을 별로 좋아하지 않는 거 같아. 전에 줄리아의 주근깨를 세면서 구구단 공부를 한다고 말하는 걸 들었거든."

다이애나가 고개를 살짝 들면서 말했다.

앤이 애원하는 목소리로 말했다.

"아, 내 앞에서 주근깨 얘기는 하지 말아 줄래. 나처럼 주근깨투성이인 사람한테 그런 말은 상처야. 하지만 벽에다 여자애랑 남자애 이름을 적어 놓고 주목이니 하는 건 정말 바보 같은 짓이야. 누구든 감히 내 이름 옆에 남자애 이름을 써넣기만 해 봐."

앤은 얼른 덧붙여 말했다.

"그럴 사람은 물론 없겠지만."

앤이 한숨을 쉬었다. 이름이 적히는 건 싫었

다. 하지만 이름이 적힐 일도 없다고 생각하니 약간 굴욕감이 들었다.

"말도 안 돼."

다이애나가 말했다. 다이애나는 새까만 두 눈과 윤기 흐르는 머릿결로 에이번리 남학생들의 마음을 뒤흔든 덕에, 현관 벽을 장식한 '주목'에 대여섯 번 이름을 올렸다.

"그건 그냥 장난이야. 그리고 네 이름이 안 적힐 거라고 장담하진 마. 찰리 슬론이 너한테 완전히 반했잖아. 그 애가 자기 엄마한테 그랬대. 네가 학교에서 제일 똑똑한 여자애라고. 예쁘다는 것보다 더 좋은 말이잖아."

"아냐, 그렇지 않아. 난 똑똑한 것보다 예쁜 게 더 좋아. 그리고 찰리 슬론은 싫어. 딱부리 눈을 한 남자애는 꼴도 보기 싫어. 만약 누가 내 이름을 찰리 슬론이랑 같이 벽에 적으면 가만 안 있을 거야, 다이애나 배리. 하지만 계속 1등을 하는 게 아주 기분 좋기는 해."

앤이 뼛속까지 여성스러운 사람처럼 말했다.

"오늘부터 길버트도 한 반이야. 그동안 길버트가 반에서 1등을 도맡았어. 길버트는 조금 있으면 열네 살이 되는데 이제 겨우 4학년 과정을 배우고 있어. 4년 전에 길버트 아버지가 건강이 안 좋아서 앨버타에서 요양을 하셨는데, 그때 길버트도 아버지를 따라갔거든. 앨버타에서 3년 동안 있으면서 학교는 거의 안 다녔대. 그러니까 이제부터 1등 하기가 쉽지는 않을걸, 앤."

다이애나가 말했다. 앤은 다이애나의 얘기가 끝나기 무섭게 말했다.

"잘됐다. 아홉 살, 열 살짜리들 사이에서 1등을 하는 게 사실 그렇게 자랑스럽지는 않으니까. 어제 일어서서 '비등(ebullition)'의 철자를 말했어. 조시 파이가 먼저 말했는데, 글쎄, 그 애가 책을 훔쳐보는 거야. 필립스 선생님은 프리시 앤드루스를 쳐다보느라 못 봤지만 나는 봤어. 경멸하는 눈으로 차갑게 쳐다봤더니 얼굴이 홍당무처럼 빨개져서는 결국 철자를 틀리더라고."

그때 둘은 큰길로 나가는 울타리를 넘고 있었는데, 다이애나가 분통을 터뜨렸다.

"파이네 여자애들은 전부 속임수 천재들이야. 어제는 거티 파이가 개울에서 자기 우유를 내 자리에 담가둔 거야. 어떻게 그럴 수가 있니? 이제 개랑은 말도 안 할 거야."

필립스 선생님이 교실 뒤편에서 프리시 앤드루스의 라틴어를 듣고 있을 때 다이애나가 앤에게 속삭였다.

"앤, 네 자리에서 통로 바로 건너편에 앉은 애가 길버트 블라이드야. 봐봐, 네가 보기에도 잘생겼는지."

앤이 다이애나가 가리킨 자리를 보았다. 길버트 블라이드라는 아이는 앞자리에 앉은 루비 길리스의 길게 땋은 금발머리를 의자 등받이에 몰래 핀으로 꽂아 놓느라 정신이 팔려 있었다. 그래서 앤이 마음 놓고 살펴보기에 딱 좋았다. 길버트는 키가 컸고 머리카락은 구불거리는 갈색이었다. 담갈색 눈에 장난기가 가득했고 입술을 비틀어 올리며 웃으면 짓궂어 보였다. 이내 루비 길리스가 선생님께 셈의 답을 말하려고 일어나려다 머리카락이 뿌리째 뽑히는 느낌에 조그맣게 비명을 지르며 도로 의자에 주저앉았다. 아이들의 시선이 전부 루비에게 쏠렸고, 필립스 선생님이 엄한 눈으로 쳐다보자 루비는 울음을 터뜨렸다. 길버트는 재빨리 핀을 감추고는 세상에서 가장 진지한 얼굴로 역사책을 읽었다. 그러나 소란이 가라앉자 앤을 쳐다보며 장난기 가득한 얼굴로 윙크를 했다.

앤은 다이애나에게 솔직히 말했다.

"길버트 블라이드가 잘생긴 건 맞아. 하지만 너무 뻔뻔한 거 같아. 잘 모르는 여자애한테 윙크를 하는 건 예의가 없는 거지."

하지만 진짜 사건은 그날 오후에 터지고 말았다.

필립스 선생님이 교실 뒤쪽 구석에서 프리시 앤드루스에게 대수학 문제를 설명하고 있어서, 학생들은 각자 하고 싶은 대로 초록 사과를 먹거나 재잘거리거나 석판에 그림을 그리거나 귀뚜라미를 실로 묶어 통로에서 왔다 갔다 경주를 시키며 놀았다. 길버트 블라이드는 앤 셜리를 자기 쪽으로 돌아보게 만들려고 애썼지만 번번이 실패했다. 그 순간 앤은 길버트 블라이드뿐 아니라 에이번리 학교에 있는 그 누구도 전혀 안중에 없었기 때문이다. 양손으로 턱을 괸 앤의 눈은 '반짝이는 호수'가 언뜻언뜻 푸른빛을 드러내는 서쪽 창에 못 박혀 있었다. 앤은 저 먼 환상의 세계로 떠나 있어서 자기 머릿속의 황홀한 그림 말고는 아무것도 들리지도, 보이지도 않았다.

길버트 블라이드는 여자아이의 시선을 끌어야 하는 입장이 되어본 적도 없었고, 또 시선 끌기에 실패한 경우도 거의 없었다. 갸름한 턱에 커다란 두 눈을 가진 빨강 머리 여자아이 셜리. 에이번리의 여느 여학생들과는 다른 그 아이도 자신을 쳐다봐야 했다.

길버트는 통로를 가로질러 팔을 뻗더니 길게 땋은 앤의 빨강 머리 끝을 잡고 쭉 잡아당기며 날카롭게 속삭였다.

"홍당무! 홍당무!"

그때서야 앤이 활활 타오르는 눈으로 길버트를 쳐다봤다!

쳐다보기만 한 게 아니었다. 앤은 튀어 오르듯 일어났다. 상상의 세계는 돌이킬 수 없이 산산조각이 났다. 앤은 분노로 이글거리는 눈길을 길버트에게 던졌고, 화가 난 나머지 눈물까지 글썽였다.

"이 비열한 나쁜 놈아! 어떻게 그런 말을!"

앤이 격한 목소리로 외쳤다.

그다음 '퍽' 하는 소리가 났다. 앤이 석판으로 길버트의 머리를 내리쳤고 깔끔하게 두 동강이 났다. 머리가 아니라 석판이.

에이번리 학생들은 늘 이런 소동을 좋아했다. 이번 소동은 특히나 재미있는 사건이었다. 모두가 놀라면서도 신나서 "와!" 하고 탄성을 질렀다. 다이애나는 너무 놀라서 숨도 못 쉴 지경이었다. 워낙 감정 조절이 안 되는 루비 길리스는 울음을 터뜨렸다. 토미 슬론은 경주를 하던 귀뚜라미들이 모두 도망을 가든 말든 입을 떡 벌린 채 마치 시간이 멈춰 버린 듯 멍하니 그 광경을 바라봤다.

필립스 선생님이 성큼성큼 통로를 걸어오더니 한 손을 앤의 어깨에 털썩 얹었다.

"앤 셜리, 이게 무슨 짓이냐?"

선생님이 화난 목소리로 물었다. 앤은 아무 대답도 하지 않았다. '홍당무'라는 소리를 들

었다고 전교생 앞에서 말할 수가 없었다. 길버트가 용기를 내서 말했다.

"제 잘못입니다, 필립스 선생님. 제가 앤을 놀렸어요."

필립스 선생님은 길버트의 말에는 신경도 쓰지 않았다.

"내 학생 중에 이렇게 고약하고 옹졸한 아이가 있다니 안타깝구나. 앤, 나머지 오후 시간 동안 칠판 앞 교단에 서 있거라."

필립스 선생님이 근엄한 목소리로 말했다. 마치 자기 학생이라면 누구든 그 어리고 불완전한 마음속에서 악하고 나쁜 감정들을 모두 뿌리 뽑아 주겠다는 듯한 목소리였다.

앤은 차라리 매라면 백 대도 더 맞을 수 있을 것 같았다. 섬세한 앤의 영혼은 채찍을 맞은 것처럼 바르르 떨렸다. 앤은 하얗게 질려 굳은 얼굴로 선생님의 말에 따랐다. 필립스 선생님은 앤의 머리 위 칠판에 분필로 이렇게 적었다.

"앤 셜리는 성질이 고약합니다. 앤 셜리는 화를 참는 법을 배워야 합니다."

그러고는 읽을 줄은 모르지만 무슨 뜻인지는 알아들을 어린 학생들까지 들을 수 있도록 큰 소리로 읽었다.

앤은 오후 내내 그 글씨 아래에 서 있었다. 울거나 고개를 푹 숙이거나 하지는 않았다. 여전히 화가 뜨겁게 솟구쳐서 지독한 굴욕감을 이기고 버틸 수 있었다. 화 때문에 이글거리는 눈과 빨갛게 달아오른 뺨을 하고 앤은 다이애나의 동정 어린 눈빛과 찰리 슬론의 분개한 끄덕임과 조시 파이의 밉살스런 웃음을 똑바로 마주했다. 그러나 길버트 블라이드에게는 눈길 한 번 주지 않았다. 다시는 그 애를 거들떠보지 않을 생각이었다! 말도 걸지 않을 것이다!

수업이 끝나자 앤은 빨강 머리를 꼿꼿이 치

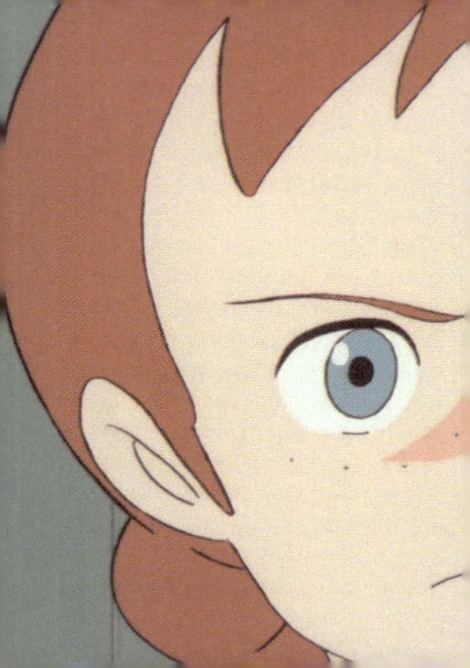

켜들고 당당히 학교를 걸어 나왔다. 길버트 블라이드가 현관문 앞에서 앤을 막아서려 하면서, 깊이 뉘우치는 목소리로 속삭이듯 말했다.

"머리를 가지고 놀려서 정말 미안해, 앤. 진심이야. 이제 그만 화 풀어."

앤은 들은 척도 않고 쳐다보지도 않은 채 무시하고 휙 지나갔다.

"아, 어떻게 그럴 수 있었어, 앤?"

큰길을 걸어 내려오면서 다이애나가 반은 책망하듯, 반은 감탄하듯 소리 죽여 물었다. 다이애나는 길버트가 애원하면 도저히 외면할 수 없을 것 같았다.

앤은 단단히 결심한 듯 말했다.

"절대로 길버트 블라이드를 용서하지 않을 거야. 필립스 선생님도 내 이름 끝에 'e'를 빠뜨렸어. 내 영혼은 고난에 빠졌어, 다이애나."

다이애나는 앤의 말뜻을 조금도 알아듣지 못했지만 뭔가 끔찍한 뜻임은 느꼈다. 다이애나는 앤의 마음을 풀어 주려고 했다.

"길버트가 네 머리를 놀린 건 신경 쓸 거 없어. 길버트는 여자애들을 전부 다 그렇게 놀려. 내 머리가 까맣다고 얼마나 비웃는데. 까마귀라고 열 번도 넘게 그랬어. 더구나 길버트가 사과하는 건 한 번도 본 적이 없어."

"까마귀와 홍당무는 엄연히 달라. 길버트 블라이드는 내게 참을 수 없이 고통스러운 상처를 줬어, 다이애나."

앤이 무게를 잡으며 말했다.

별다른 사건이 더 일어나지 않았다면 문제는 더 크게 불거지지 않고 그대로 지나갔을 것이다. 그러나 원래 일이란 게 꼬리를 물고 찾아드는 법이다.

에이번리의 학생들은 점심시간에 종종 언덕 너머 벨 씨네 넓은 목초지 건너에 있는 가문비나무 숲에서 송진을 모으며 시간을 보내곤 했다. 그곳에서는 선생님이 하숙하는 이븐

라이트 씨네 집이 바로 내려다보였다. 그래서 필립스 선생님이 집을 나서는 모습이 보이면 아이들은 학교를 향해 내달렸다. 하지만 아이들이 달리는 길은 라이트 씨네 집에서 학교까지 난 오솔길보다 세 배는 더 길어서, 숨이 차서 헐떡거리기 일쑤고 어떤 아이들은 3분쯤 늦기도 했다.

다음 날 필립스 선생님은 불현듯 반 분위기를 다잡아야겠다는 생각이 들어, 점심을 먹으러 교실을 나서면서 자기가 돌아올 때까지 모두 자리에 앉아 있으라고 말했다. 늦게 오는 사람에게는 벌을 주겠다고 했다.

남자아이들 전부와 여자아이들 몇 명은 '한 번 씹을 만큼'만 송진을 모아 오겠다고 마음을 단단히 먹고 여느 때처럼 벨 씨네 가문비나무 숲으로 향했다. 하지만 아이들은 이내 가문비나무 숲에 마음을 빼앗겼고 노란 송진 덩어리를 모으는 일에 푹 빠졌다. 아이들은 송진을 모으며 이곳저곳을 어슬렁거렸다. 그러다가 평소처럼 우람한 늙은 가문비나무 위에서 지미 글로버가 "선생님이 오신다"라고 외쳤을 때에야 시간이 그렇게 많이 흘렀다는 사실을 깨달았다.

땅 위에 있던 여자아이들이 먼저 달리기 시작해 간당간당하게 학교에 도착했다. 허겁지겁 나무에서 내려와야 했던 남자아이들은 그보다 조금 늦었다. 그리고 송진 같은 것은 모으지 않았지만 숲속 깊숙이까지 들어가 행복하게 거닐던 앤이 가장 늦었다. 앤은 허리까지 올라오는 고사리들 사이에서 마치 그늘진 땅의 여신이라도 된 양 백합으로 화관을 만들어 쓰고 혼자 가만히 노래를 부르며 거닐었다. 하지만 앤은 사슴처럼 달려, 꼬마 도깨비처럼 문 앞에서 남자아이들을 앞질러 교실로 미끄러져 들어갔다. 필립스 선생님은 모자를 걸고 있었다.

분위기를 다잡겠다던 필립스 선생님의 열의는 금세 사그라들었다. 십여 명이나 되는 학생들을 혼내려니 귀찮기도 했다. 하지만 말을 뱉었으니 지키는 모양새라도 취해야 했다. 희생양을 찾아 교실을 둘러보던 필립스 선생님의 눈에 이제 막 자리에 앉아 가쁜 숨을 고르는 앤의 모습이 들어왔다. 미처 벗지 못한 백합 화관이 한쪽 귀 위로 삐딱하게 걸쳐 있었고 머리는 헝클어져 유난히 불량해 보였다.

"앤 셜리, 넌 남자아이들과 몰려다니는 걸 참 좋아하는 거 같구나. 오늘 오후에는 네가 좋아하는 대로 해 주마. 머리에 그 꽃들 치우고 길버트 블라이드 옆자리에 가서 앉아라."

선생님이 비아냥거리듯 말했다.

남자아이들이 킥킥거렸다. 동정심에 얼굴이 하얗게 질린 다이애나는 앤의 머리에서 화관을 벗겨 내고 손을 꽉 잡아 주었다. 앤은 돌처럼 굳어서 선생님을 빤히 쳐다봤다.

필립스 선생님이 엄하게 다그쳤다.

"내 말 못 들었니, 앤?"

"아뇨, 들었어요. 하지만 그냥 하신 말씀이라고 생각했습니다."

앤이 어릿어릿 입을 열었다.

"그냥 한 얘기가 아니다. 당장 시키는 대로 해."

여전히 비아냥거리는 말투였다. 다른 아이들은 물론이고 특히 앤이 질색하는 말투였다. 아픈 상처를 한 번 더 찔리는 기분이었다.

잠깐 동안 앤은 그 말에 따를 생각이 없는 것처럼 보였다. 그러나 앤은 어쩔 수 없다는 사실을 깨닫고 일어나서 길버트 블라이드 옆자리에 가 앉더니 팔에 얼굴을 묻고 책상에 엎드렸다. 그 모습을 힐끗 보던 루비 길리스는 하굣길에 다른 아이들에게 이렇게 말했다.

"그런 얼굴은 정말 처음 봤어. 새하얀 얼굴에 깨알 같은 빨간 점들이 엄청나더라니까."

앤은 모든 게 끝난 기분이었다. 열 명이 넘는 아이들이 똑같이 잘못을 저질렀는데 혼자만 벌을 받는 것도 억울한데 남자아이와 짝이 되다니 기가 막혔다. 게다가 길버트 블라이드라니! 앤은 참을 수도 없었고, 참으려고 해 봐야 아무 소용도 없었다. 온몸과 마음이 수치심과 분노와 굴욕감으로 부글거렸다.

처음에는 아이들도 쳐다보고 수군거리고 팔꿈치로 서로를 쿡쿡 찌르며 킥킥거렸다. 하지만 앤은 절대 고개를 들지 않았다. 곧 길버트도 분수 공부에만 정신이 팔린 듯 집중했고 아이들도 곧 각자 할 일을 하며 앤의 일을 잊었다. 필립스 선생님이 역사 수업 시간이라고 소리쳤을 때 앤도 나가야 했다. 그러나 앤은 꼼짝도 하지 않았다. 역사 시간 전부터 〈프리시에게〉라는 시를 쓰고 있던 필립스 선생님은 잘 풀리지 않는 시구를 생각하느라 앤이 없는 것도 알아채지 못했다. 아무도 보지 않을 때 길버트는 금색 글씨로 '너는 달콤해'라고 적힌 하트 모양의 작은 분홍색 사탕을 책상에서 꺼내 앤의 팔꿈치 밑으로 슬쩍 밀어 넣었다. 그러자 앤이 일어서서 손끝으로 조심스레 사탕을 집어 바닥에 떨어뜨리더니 가루가 되도록 발꿈치로 뭉개 버린 뒤, 길버트에게는 눈길 한 번 건넬 가치조차 없다는 듯이 다시 책상에 엎드렸다.

수업이 다 끝나자 앤은 원래 자리로 성큼성큼 걸어가 책과 필기판, 펜과 잉크, 성경책과 산수책 등 책상 안의 물건들을 보란 듯이 몽땅 꺼내더니 깨진 석판 위에 가지런히 올렸다.

"그건 다 집에 가져가서 뭐하려고, 앤?"

다이애나가 학교를 벗어나자마자 물었다. 학교 안에서는 물어볼 엄두도 나지 않았던 것이다.

"내일부터 학교에 안 갈 거야."

앤의 대답에 다이애나는 숨이 멎을 듯 놀라

진심인지 확인하려는 듯 앤을 빤히 쳐다봤다.

"마릴라 아주머니가 허락하실까?"

"그러셔야 할 거야. 난 그 선생님이 있는 학교는 절대 가지 않을 거니까."

"아, 앤! 그건 너무해. 난 어떻게 해? 필립스 선생님이 날 그 못된 거티 파이랑 같이 앉으라고 하실 거야. 그 애가 지금 혼자 앉아 있으니 당연히 그렇게 되겠지. 제발 학교에 와 줘, 앤."

다이애나는 금방이라도 울음을 터뜨릴 것 같았다.

"너를 위해서라면 뭐든지 할 수 있어, 다이애나. 너한테 조금이라도 도움이 된다면 내 몸이 갈기갈기 찢긴대도 괜찮아. 하지만 이건 안 돼. 그러니까 제발 나한테 그런 부탁은 하지 말아 줘. 그러면 내가 너무 힘들어."

앤이 슬픈 목소리로 말했다.

다이애나는 너무나 침울해졌다.

"재밌는 일들을 이제 못한다고 생각해 봐.

우린 개울가에 새집도 진짜 예쁘게 지을 거야. 다음 주엔 공놀이도 할 건데, 넌 한 번도 안 해 봤잖아, 앤. 정말 굉장히 재밌어. 그리고 새로운 노래도 배울 거야. 제인 앤드루스가 지금 연습하고 있어. 또 다음 주에 앨리스 앤드루스가 팬지 작가가 새로 쓴 책도 갖고 올 거랬어. 다 같이 개울가에 가서 한 장씩 낭독할 거야. 너도 낭독하는 거 좋아하잖아, 앤."

앤은 조금도 흔들리지 않았다. 앤은 마음을 단단히 먹고 있었다. 다시는 필립스 선생님이 있는 학교에 가지 않을 작정이었다. 집으로 돌아온 앤은 마릴라에게 그렇게 말했다.

"말도 안 되는 소리."

마릴라가 말했다.

앤은 원망하는 눈빛을 하고는 마릴라를 진지하게 마주 보았다.

"말도 안 되는 소리가 아니에요. 이해 못하시겠어요, 아주머니? 전 모욕을 당했다고요."

"무슨 모욕을 당해! 내일도 평소와 다름없이 학교에 가야 한다."

앤이 가만히 고개를 저었다.

"아니요, 안 가요. 학교에 안 갈 거예요, 아주머니. 집에서 공부도 하고 최대한 착한 아이가 될게요. 할 수만 있다면 하루 종일 입도 다물고 있을게요. 하지만 학교는 절대로 안 갈 거예요."

마릴라는 앤의 작은 얼굴에서 완강한 고집을 고스란히 읽어냈다. 그리고 그 고집을 꺾기가 쉽지 않으리란 사실도 깨달았다. 마릴라는 지혜롭게도 더 이상 아무 말도 하지 않는 쪽을 택했다.

'이 문제는 저녁에 린드 부인을 만나 상의해 봐야겠어. 지금은 앤한테 아무리 말해 봐야 소용없겠어. 워낙 흥분한 상태기도 하고 한번 마음먹으면 보통 고집이 아니니까. 저 아이 말을 들어보면 필립스 선생님도 너무 독선적인 거 같군. 그래도 애한테 그렇게 얘기할 수는 없지. 일단 린드 부인과 상의해 보자. 아이를 열이나 학교에 보냈으니 이런 문제도 아는 게 있겠지. 지금쯤이면 벌써 소식을 다 들었겠군.'

마릴라가 찾아갔을 때 린드 부인은 여느 때처럼 활기차고 부지런하게 침대보를 누비고 있었다.

"제가 왜 왔는지 알죠?"

마릴라가 약간 겸연쩍은 얼굴로 말했다.

린드 부인은 고개를 끄덕였다.

"학교에서 앤이 벌인 소동 때문이겠죠. 틸리 볼터가 집에 가는 길에 여기 들러 얘기해 주더군요."

"그 아이를 어떻게 해야 좋을지 모르겠어요. 다시는 학교에 가지 않겠대요. 애가 그렇게 흥분하는 건 처음 봐요. 학교에 보낼 때 문제를 일으킬 수도 있겠다고 줄곧 생각은 했죠. 그동안 아무 일이 없어서 곧 터질 것 같기도

했어요. 지금은 앤이 너무 예민해져 있어요. 어떻게 하면 좋을까요, 레이철?"

"글쎄요, 내 생각을 물어보니 말인데요, 마릴라. 난 처음엔 살짝 기분을 맞춰 주겠어요. 나라면 그럴 거예요. 내 생각에는 필립스 선생님이 잘못을 했어요. 물론 아이들한테는 그렇게 말하면 안 되겠지만요. 어제 앤이 화를 못 이겨서 벌을 준 건 당연하다고 생각해요. 하지만 오늘 일은 다르죠. 늦게 온 다른 학생들에게도 앤하고 똑같이 벌을 줬어야죠. 게다가 벌로 여자아이를 남자아이와 같이 앉히다니 그건 옳지 않아요. 좋은 방법이 아니죠. 틸리 볼터도 단단히 화가 났더라고요. 그 앤 완전히 앤 편이었어요. 다른 학생들도 자기와 같다고 하더군요. 어쨌거나 앤이 아이들 사이에서 인기는 좋은가 봐요. 앤이 아이들과 그렇게 잘 지낼 줄은 정말 몰랐어요."

린드 부인이 상냥하게 대답해 줬다. 린드

부인은 다른 사람이 자신에게 조언을 구하는 것을 꽤나 좋아했다.

“그럼 앤을 학교에 보내지 않는 게 낫다는 말이에요?”

마릴라가 놀라서 물었다.

“그래요. 그러니까 나라면 앤이 먼저 말을 꺼낼 때까지 학교 얘기는 하지 않겠어요. 그렇게 하면 마릴라, 그 애는 일주일 정도 지나면 마음을 가라앉히고 스스로 학교에 돌아갈 마음이 들 거예요. 반면에 앤을 당장 억지로 학교에 보내려고 하면, 또 무슨 성질을 부리고 엉뚱한 짓을 해서 더 큰 문제를 만들지 아무도 몰라요. 그러니까 제 생각에는 별일 아닌 듯 넘기는 게 더 좋을 거 같아요. 지금 같아서는 앤이 학교에 안 가도 크게 잃을 게 없어요. 어쨌든 필립스 선생님은 교사로서 자질이 전혀 없어요. 수업 방식을 두고도 얼마나 말들이 많다고요. 어린애들은 신경도 안 쓰고 퀸스에 들어갈 큰 애들하고만 온종일 붙어 있고 말이에요. 삼촌이 학교 이사가 아니었으면 학교에서 일하지도 못했을 거예요. 그 삼촌이 다른 이사 두 명을 완전히 쥐고 흔들어 댄다니까요. 정말 이 섬은 교육이 어떻게 되어가고 있는 건지 모르겠어요."

린드 부인은 마치 자기가 이 지역 교육 책임자였다면 훨씬 더 관리를 잘할 수 있었다는 듯이 고개를 절레절레 저었다.

마릴라는 린드 부인의 충고를 받아들여 앤에게 학교에 가라는 말을 더는 꺼내지 않았다. 앤은 집에서 공부하면서 집안일을 거들었고, 자줏빛 가을 노을이 내리는 쌀쌀한 저녁이 되면 다이애나를 만나 놀았다. 하지만 큰길이나 주일학교에서 길버트 블라이드를 마주치면 얼음장처럼 차갑게 휑하니 지나쳤다. 길버트는 앤의 기분을 풀어 주려는 기색이 역력했지만 앤의 태도는 조금도 누그러지지 않았다. 가운

데서 두 사람을 화해시키려는 다이애나의 노력도 소용이 없었다. 앤은 길버트 블라이드를 죽을 때까지 미워하기로 마음을 굳힌 게 분명해 보였다.

하지만 길버트를 미워하는 만큼 앤은 작은 가슴 한가득 열정을 담아 다이애나를 사랑했다. 길버트가 미운 마음이나 다이애나가 좋은 마음이나 똑같이 불길처럼 뜨거웠다. 어느 날 저녁, 마릴라는 사과가 담긴 바구니를 들고 과수원에서 돌아오다가 앤이 노을에 물든 다락방 창가에 앉아 엉엉 우는 모습을 봤다.

"도대체 왜 그러니, 앤?"

앤이 요란하게 훌쩍거렸다.

"다이애나 때문에요. 전 다이애나가 정말 좋아요, 아주머니. 다이애나가 없으면 한시도 못 살 거예요. 하지만 어른이 되면 다이애나는 결혼해서 먼 곳으로 떠날 거잖아요. 그러면, 아, 전 어떻게 해야 하죠? 전 다이애나의 남편이 미워요. 죽도록 미워요. 이런 상상을 하고 있었어요. 결혼하는 모습이랑 이런저런 일들을요. 다이애나가 눈처럼 새하얀 드레스를 입고 면사포를 쓴 모습이 여왕처럼 기품 있고 아름다운 거예요. 저도 신부 들러리가 돼서 볼록 소매가 달린 예쁜 드레스를 입었는데, 얼굴은 웃고 있지만 마음은 찢어질 듯이 아픈 거죠. 그리고 다이애나에게 '안녕'이라고 하는데에에……."

여기까지 말한 앤은 슬픔을 주체하지 못하고 점점 더 서럽게 울어댔다.

마릴라는 터져 나오는 웃음을 보이지 않으려고 얼른 얼굴을 돌렸다. 하지만 그런 노력은 곧 수포로 돌아갔다. 마릴라는 옆의 의자에 쓰러지다시피 앉아서 평소답지 않게 한바탕 큰 웃음을 터뜨렸다. 마당을 지나가던 매슈가 놀라서 걸음을 멈췄다. 마릴라가 그렇게 웃는 소리를 들었던 게 언제였던가?

마릴라는 간신히 웃음을 가라앉히고 말했다.

“그래, 앤 셜리. 그렇게 없는 일도 만들어서 걱정을 해야겠거든 집안일이나 걱정하렴. 상상력이 많다는 건 알고 있었다만 정말 못 말리겠구나.”

(3권에 계속)

옮긴이 **박혜원**

심리학을 전공하고, 현재는 전문번역가로 활동 중이다. 옮긴 책으로 《빨강 머리 앤》, 《에이번리의 앤》, 《곰돌이 푸》 시리즈, 《소공녀 세라》, 《엄마 찾아 삼만 리》, 《시크릿 가든》, 《퀸 : 불멸의 록밴드 퀸의 40주년 공식 컬렉션》, 《브라이언 메이 레드 스페셜》, 《부케북》 시리즈 등이 있다.

빨강 머리 앤 2

초판 1쇄 2026년 1월 15일

지은이 루시 모드 몽고메리
옮긴이 박혜원

펴낸곳 더모던
전 화 02-3141-4421
팩 스 0505-333-4428
등 록 2012년 3월 16일(제313-2012-81호)
주 소 서울시 마포구 성미산로32길 12, 2층 (우 03983)
E-mail sanhonjinju@naver.com
카 페 cafe.naver.com/mirbookcompany
S N S instagram.com/mirbooks